# ドS騎士団長のご奉仕メイドに任命されましたが、私××なんですけど⁉

# プロローグ

私はエミリア・レッツェル。貧乏な男爵家の生まれだけど、夢がある。

それは、ふりふりのメイド服を着て、お澄まし顔で仕事をすること。

まずは憧れの王城メイドになって、ゆくゆくは王族の身の回りをお世話する一流の侍女になりたい。

そのために、今日も今日とて、修業に励むのだ！


秋晴れの空の下、通い慣れたタールヴェルク辺境伯領へと馬車で向かう。

タールヴェルク辺境伯領は、我が男爵領のすぐ隣にあり、領主同士の交流が代々続いていて家族ぐるみで仲がいい。お父さまはもとより、亡きお母さまも辺境伯夫人と懇意にしていた。

お兄さまに至っては辺境伯領の軍で働いているほどだ。

私自身も、幼馴染で同い年のヴェラ・タールヴェルク辺境伯令嬢こと、ヴェラちゃんと一緒に王城メイドを目指しているから、よく辺境伯邸に入り浸っている。

今日も辺境伯邸に到着し次第、彼女と一緒に修業をする予定だ。

移動中の暇つぶしに外でも眺めようと窓を開けると、ひやっとした空気に触れる。

「今日も寒いけど、いい天気～！」

すっかり冬が近づいている気配がするなぁ。そんなことを思いながら窓を開けたままにしていると、胸まで伸ばしているベージュブラウンの髪の毛が、風に煽《あお》られて揺れた。

外の景色は、どこを見渡しても畑とたまに領民の住居がぽつりと建っているくらいで、つまりは、ど田舎である。もちろん自然も好きだけど、王都にあるお洒落《しゃれ》なカフェや、流行の菓子に憧れてしまうのが乙女心だ。

しばらくすると辺境伯領へ入り、住宅やお店が増えてくる。馬車は更に進んで、石造りの頑丈な門に囲まれた辺境伯邸に到着した。

馬車から降りると、屋敷の前にはヴェラちゃんを中心にして、ざっと二十人ほどの使用人たちが出迎えてくれている。

「いらっしゃい、エミリア」

「ヴェラちゃん！　お出迎えありがとう。でも今日はどうしたの？」

頻繁に遊びに来ているから、普段このようなお出迎えは省いてもらっていたので珍しい。

「たまにはこうして出迎える使用人の姿を見ておいたほうが、エミリアの今後のためになると思ったのよ」

「なるほど、気を遣ってくれたんだ！　ヴェラちゃんありがとう！　それに皆も忙しいだろうに、付き合ってくれてありがとうね」

使用人たちは、私の言葉に温かい微笑みを返してくれた。

辺境伯邸の使用人たちには昔からお世話になっている。特にメイドたちは、王城で働きたい私にアドバイスをくれるありがたい存在だ。

綺麗に整列している使用人たちを改めて眺めると、辺境伯邸で初めてメイドを見た頃を思い出す。

我が男爵邸にも優秀なメイドが数人いるが、なにぶん貧乏男爵家なので、ご近所さんを雇っている。うちのメイド服は華美なものではないし、炊事洗濯掃除を始め、乳母の役割までこなしてくれていたベテランの彼女らは、私にとって第二の母親たちといった認識だ。

だからこそヴェラちゃんの邸宅へ遊びに来て、貴族家出身のメイドたちの洗礼された立ち振る舞いや可愛い制服姿を見た時に、衝撃を受けたのだ。

――私もあんなふりふりのメイド服を着てみたい。

そして可愛いメイド服にふさわしい振る舞いをしたいと、子どもながらに決意した。

「ほら、エミリア。中に入って一緒にお茶淹れの練習をしましょう」

声をかけられてヴェラちゃんを見ると、使用人の皆をぼーっと眺める私に呆れている様子だった。

しかし、そんな表情を浮かべていても、ヴェラちゃんは美しい。

彼女のアイスシルバー色の髪の毛が太陽の日差しに照らされてキラキラ光る。瞳はまるでサファイアのような碧眼《へきがん》だ。私はごく普通のハシバミ色の瞳だから、いつも羨《うらや》ましいなぁと思う。

そして、ヴェラちゃんは見目麗《うるわ》しいだけではない。

彼女は、王城で働けば行儀見習い代わりにもなるし、王都に住んでみたいからと言って、私の修業に付き合ってくれている。恐らく私を心配して、一緒に王城メイドになろうとしてくれているのだが、そんなことを悟らせまいと接してくれる、優しい幼馴染だ。

「うん！　今日も一緒に頑張ろう！」


互いの淹れたお茶を飲みながら、ヴェラちゃんがどこからか入手してくれた、王城メイド試験の過去問題を解いていく。

王城メイドの試験は、十八歳以上で身元のしっかり保証された、商家や貴族家の令嬢が受けられる。筆記試験では一般教養を、そして実技試験では実際にメイド業務を行い、体力テストまであるという。

もうすぐ試験が行われるので、今はそれに向けて二人で追い込んでいるところだ。

「この調子だと試験は大丈夫そうね」

「ヴェラちゃんはきっと採用されるだろうけど、私は大丈夫かなぁ……」

自己採点した過去問題を眺めながら項垂《うなだ》れる。

ヴェラちゃんは満点のところ、私は合格ラインのギリギリだった。

今回の試験で不合格でも、また次の試験に挑戦することはできるが、この王城メイド試験は毎年秋の暮れに行われるもので、次の試験は来年になってしまう。

王城メイドは身元の保証があるためお給金が高額だし、城勤めの要人と知り合えるだけあって婚姻相手を探す令嬢に人気の職業だ。そのため試験の倍率は高く、一発で採用されるか心配なのだ。

王城メイドになりたいのは私自身の夢というのもあるが、男爵領のためでもある。

男爵領は一昨年の嵐で大きな被害を受け、その復興のために、あまり余裕もないのに、人がよすぎるお父さまが私財をなげうった。

それで金庫の中身が大きく減ったことに責任を感じたのか、お父さまが頑張って稼ごうとした結果、つい最近、投資詐欺に遭ってしまった。途中で私とお兄さまが気づいて少額の被害で済んだが、男爵家の娘として、お金が減っていくばかりの状況はかなり心配で……

だから私もがっぽり稼いで仕送りをして、減った分の資産を増やしたいと思っている。

今の屋敷は初代当主が叙爵された時に建てられたものであり、相当に古い造りだ。

よく床板が抜けたり雨漏りしたり、隙間風が吹いたりしている。

その都度、領民に手伝ってもらいながら修理しているのだが、そろそろ限界が近づいている。

私としてはゆっくり身体を休められる新しい屋敷に建て替えたいと思っているから、憧れだけではなく切実に王城メイドになりたい。私にとってこれは、死活問題なのだ。

「エミリアは体力テストでカバーできるから、きっと大丈夫よ」

「そうかなぁ……」

ヴェラちゃんの言う通り、唯一運動は得意だから、それだけは誰にも負けない……と、思う。

けれど、憧れの王城メイド、いずれ侍女となるには、学がないといけないから必死なのだ。この王国の侍女とはすなわち、王族の身の回りのお世話をする者を指す。王城メイドとして有能さが認められると、王族専属の侍女として昇進する。

はじめは可愛い制服を着たくて王城メイドを目指したのだけど、やるからには一流の侍女にまで極めたい。

王族を身近で支える仕事に就くということ。それはつまり、辺境伯軍を率いて剣を握るお兄さまのように、男爵領を治めるお父さまのように、この王国の役に立てることだと思うから――

王城メイド試験で優秀な成績を収めた人は、そのまま侍女として雇ってもらえることもあるみたいだし、もっと気合いを入れて修業しないと！

今日の勉強を終え、サッと片付けをして立ち上がった。

この後は、辺境伯邸の敷地内にある、辺境伯軍の演習場へ顔を出しに行く予定がある。

「エミリア、また軍に交ざって訓練するの？」

「うん！　もうすぐ王城メイドの試験だし、お兄さまも迎えに行かなきゃだし。よかったら、ヴェラちゃんも一緒にどう？」

「私は遠慮しとくわ～。もう充分動いてヘトヘトだもの。シスコン兄によろしく言っておいて」

「あはは、分かった！　じゃあ、私は行ってくるね！」

ひらひらと手を振るヴェラちゃんに見送られながら、辺境伯軍が訓練している演習場へ向かう。

隊長のお兄さまや馴染みの皆と合流して、一緒に走り込みをしたり稽古《けいこ》をつけてもらったりした。

冬になると軍の皆は雪かきに駆り出されて訓練の時間が減るから、今のうちに参加しておかないと。

五年前の戦争を最後に今は平和な世の中だし、辺境伯軍の大きな仕事といえば、たまに現れる魔物を討伐するくらい。そのおかげで私も面倒を見てもらえるわけだから、ありがたい限りだ。


ひと汗かいたところで、馴染みの一人に声をかけられた。

「お疲れさま。エミリアの動きはますます磨きがかかってて、流石《さすが》隊長の妹だな!!　……しかし、王城メイドになるのにそこまで必要なのか？」

「うーん、分からないけど、いつか王族に仕える立派な侍女になるなら護身術とか知ってたほうがいいだろうし」

「そうかぁ。エミリアはここで働くほうが向いてると思うけどなぁ」

「私もそれはそうだと思うけど……。でもどうしても王城でメイドさんになりたいの！」

「そうか。まぁ、試験落ちたらここに来いよ」

「ちょっと！　縁起でもないことを言わないでっ!!」

そんな話をしていると、私と同じベージュブラウンの髪とハシバミ色の瞳を持つ兄のディートリッヒがやってきて、野次を飛ばしてきた。

「そうだそうだ！　可愛いエミリアは王都じゃなくて、この辺境伯軍に来るべきだ！」

「お兄さま、誰もそこまでは言っていないわ……」

ディートリッヒお兄さまは、ちょっと面倒臭い人だ。

私が生まれた時からそれはもう全力で可愛がってくれて、母が亡くなってからはより一層大切にしてくれている。お陰であまり寂しい思いはしなかったから感謝はしているけれど……

とにかく過保護すぎるのが玉に瑕《きず》で、私が王城メイドを目指すのを唯一反対している人物だ。

「いや、誰も言わなくても俺が言う！　やっぱり王都なんて危ないところに行くのは心配だ！」

「もうお兄さま、まだそんなこと言うの!?　ヴェラちゃんも一緒だからって、王都に行くのを認めてくれたじゃない！」

「それはそうだが……。エミリアが心配なんだ」

「大丈夫よ。もし採用されて王都に着いたら、すぐに手紙を出すから心配いらないわ」

私がお兄さまを宥《なだ》めていると、最初に話していた隊員が呆れたように口を開いた。

「シスコン隊長、それくらいにしておけ。エミリアに口を利いてもらえなくなるぞ」

「うぅ、だってぇー!!　寂しいんだもんー!!」

お兄さまがメソメソしているのを見て、私も呆れて眉尻を下げる。

普段は頼りになる格好良いお兄さまなのに、こういうところは本当に世話が焼ける。

「ほらお兄さま、もう終業の時間だから早く片付けてきて。今夜は我が屋敷に帰ってくるのでしょう？」

「ああ、そうだった！　待っててくれ、エミリア」

私と一緒に帰ろうとお兄さまが急いで踵《きびす》を返して駆けていく。その慌ただしく走る背中を、私は苦笑いしながら見送った。

＊　＊　＊

季節は巡り、二ヶ月後。辺りはすっかり雪景色となった。

私とヴェラちゃんは少し前に近くの会場で王城メイド試験に臨《のぞ》み、そろそろ結果を知らせる手紙が届く頃だ。

手応えは充分にあったけれどやはり心配で、このところずっと屋敷の裏口付近をウロウロしている。今日はついに、使用人たちに風邪を引くから中で待っているようにと叱られてしまった。

確かに指先は冷え切ってしまったし、大人しく戻ろうかと思った時、いつも手紙を届けてくれている行商人が訪ねてきた。

「おや？　エミリアお嬢さまではないですか。本日もご機嫌麗《うるわ》しく……」

「寒い中配達をありがとう！　私宛に手紙は届いていないかしら？」

「ああ、ありますよ」

差し出されたのは、期待した通り、封蝋《ふうろう》に王家の紋章が押された封筒だった。

すごく緊張して、一気に鼓動が速くなる。

——うう、心臓が痛い。だけどこの緊張から早く解放されたい～!!

深呼吸をして、ひと思いにその場で封を切った。

『エミリア・レッツェル殿
拝啓
王都の街もすっかり雪が降り積もって参りました。暖炉の灯火が心地いい寒冷の候、レッツェル男爵令嬢におかれましては益々ご清祥《せいしょう》のことと存じます。
先日は寒空の中、王城メイド試験をお受けくださり誠にありがとうございました。厳正なる選考の結果、貴殿を王城メイドとして採用することに決定いたしました。
つきましては、雇用手続きのため…………』

——採用。採用って書いてあるっ！

「わあああ～～!!」

私は思わず手紙を掲げて叫んでしまった。

いつの間にか使用人たちが集まってきている。皆心配そうにこちらの様子を窺《うかが》っていた。

「エミリアお嬢さま⁉　結果はどうだったのです⁉」

「採用！　採用されたよぉーっ」

「まぁ、おめでとうございます‼」

周りは一気に祝福モードだ。

更に嬉しいことに、午後にはタールヴェルク辺境伯家から使いが来て、ヴェラちゃんも見事に王城メイドに採用されたと知らされた。私も急いで採用されたことを走り書きして、辺境伯家へ戻る使いに手紙を託した。

この日はいつもよりも豪華なディナーとなり、私の大好物がたくさん並んだ。皆に祝福してもらって、王都での暮らしを楽しみに眠りについた。


冬が明け、雪が溶けた頃。今日、私はたくさんの人に見送られて、王都を目指して旅立つ。

最後まで引き留めようとするお兄さまの説得は大変だったけれど、なんとか出発できてよかった……

王都までは、タールヴェルク辺境伯家の立派な馬車にヴェラちゃんと一緒に乗せてもらっている。到着するまで数週間かかったけれど、魔物が出ることもなく、無事王城へ辿り着けた。

――そして、暖かい春がやってくる。

王城の回廊には彫刻が施された立派な大柱がいくつも建っていて、天井を見上げると美しい女神が描かれている。これからこんなにも素敵な場所で働けると思うと、胸が躍った。

更に、寮に案内されると嬉しいことがあった。これから私たちメイドが暮らす寮は二人部屋なのだが、なんとヴェラちゃんと同室だったのだ！　これにはとても安心した。

軽く荷解きした後は、寮の談話室で、来週から基本的なマナー研修が始まるとの説明を受ける。

研修は一ヶ月間、ベテランの使用人が教官として教えてくださるそうだ。研修期間中に個々人の適性を見極められ、配属先が決まるのだという。

王城の使用人は、たとえ新人であろうとも、主である王族の顔に泥を塗らないよう洗礼されていなくてはならない。礼儀作法を重点的に、基本の姿勢や歩き方、綺麗なカーテシーは必ずできるよう、繰り返し何度もテストがあった。

覚えることは盛りだくさんで、例えば、お仕事中に来客に道を尋ねられた時の対応方法や、王族とお会いした時の立ち振る舞いといったことまで、行儀見習いも兼ねてしっかりと教わった。

結構スパルタな研修で、途中で脱落した令嬢もいたけれど、残った子たち皆で励まし合いながら、私とヴェラちゃんはなんとか研修を乗り越えた。

研修が終わった今日、とうとう配属先が発表される。

王城の豪華な大広間で、新人メイドたちが順番に呼ばれ、辞令が書かれた紙を受け取っていく。

まだ呼ばれていない私は、配属先を確認して一喜一憂する同期たちを眺めていた。

――最初は炊事洗濯掃除をするだけでもいいから、いつかは王族のお世話をする一流の侍女になりたいなぁ。それで、私の仕事ぶりを見た王城勤めの素敵な殿方に声かけられちゃったりして……！

これまで修業に専念していたし、王城メイドになれたらいずれ王都で出会いがあるだろうと、田舎で恋愛はしてこなかった。けれど、これからは恋愛解禁だ！

家格の合う素敵な殿方に出会えたらいいなぁなんて空想に耽《ふけ》っていたら、とうとう私の番がきた。

「エミリア・レッツェル」

「は、はい！」

ドキドキしながら、一歩前へ出る。

さて、どこに配属されるのかな……？

お掃除メイドか、洗濯メイド？　それとも初めから侍女のエリートコース⁉

――なんて、そんなわけないないか。

「エミリア・レッツェル。――貴女《あなた》を第三騎士団、騎士団長のご奉仕メイドに任命する！」

「え、えぇぇぇーー⁉」

――ご奉仕メイドって、一体なんなの～～っ⁉

# 第一章　ご奉仕メイドとは？

……なんだかものすごく、嫌な予感がしてきた。

私は辞令の紙を受け取ることも忘れて、恐る恐る目の前の教官に尋ねた。

「あの、申し訳ありません。教官、質問が……」

「なんですか、エミリア・レッツェル」

「……き、騎士団長のご奉仕メイドって、一体どのようなお仕事内容なのでしょうかっ⁉」

「あら？　ご奉仕メイドをご存じでない？」

いや、それはもちろん知らないですよ！　知らない、知らない！

メイドについて勉強してきたけれど、今まで一度も聞いたことがない。

ご奉仕って何⁉　タダ働きでもさせられるの⁉　っていうか、皆知っているの⁉

「ご奉仕メイドは、主に性生活をサポートするメイドです」

「せ、性生活？　それって、つまり……」

「はい。貴女《あなた》には、第三騎士団の騎士団長に、性的なご奉仕を行なっていただきます」

「え、えええぇぇえええぇぇ⁉」

本日二回目の悲鳴である。

……っていうか、そもそも私、処女なんですけど⁉

「詳しくは後で説明しましょう。ひとまず辞令を受け取りなさい」

「は、はい。承知、しました……」

私は混乱する頭で、なんとか辞令を受け取り、一歩後ろに下がった。

＊　＊　＊

配属発表の後で教官から説明を受けた私は、寮の自室にふらふらと戻ってベッドに飛び込んだ。

予想外の事態に頭を抱え、自問自答する。

――いやあ、ねえ？　こ、こんなことって、あると思う？

こちとら処女ですよ、処女。嫁入り前の十八歳（処女）なのに……

どうしてこうなったのか教官に聞いてみたところ、私の体力テストの結果が歴代トップで、なおかつ、採用時に行われた身辺調査の結果、私に婚約者や恋人がいなかったことを挙げられた。

確かに婚約者も恋人もいないけれどさぁ……、天国のお母さまだって心配してしまうよ。

もちろん「お嫁に行けなくなります！」って、抗議してみた。

でもご奉仕メイドって、まさかの嫁入りに箔《はく》が付くお仕事らしい。

どういうことかと詳しく伺うと、ご奉仕メイドというのは一般的に、ある程度見た目が整っていて、体力があって、尽くすタイプだと認識されているそうだ。今までメイドになるためたくさん勉強してきたのに、ご奉仕メイドの存在なんて知らなかったよぉ……

しかし、見た目が整っているか……。それは大変光栄だけど……

お母さまはまさに良家のご令嬢といった雰囲気で、それが私の容姿に受け継がれている。決して目立つ外見ではないが、同じくらいの家格の相手ならば姿絵だけで縁談がまとまるだろうなぁという感じだ。実際に会って私の落ち着きない性格を見たら断られちゃうかもしれないけれどね。

私の髪はベージュブラウンで、瞳はハシバミ色。我ながら地味な色彩だなぁと思うものの、お母さまと同じ色味だから馴染み深く、今ではそれなりに気に入っている。

昔から憧れているのは、ヴェラちゃんのようなサファイアの瞳や綺麗系の美人な顔立ちだ。それに私は小柄でこぢんまりとしているから、背がすらっと高いヴェラちゃんが羨《うらや》ましい。

……まぁご奉仕メイドの選定基準なんかはひとまず置いておいて、とにかく、話を聞いた私の驚きように教官のほうが驚いていていた。

私はあまりにも動揺していたようで、もしご奉仕メイドとして働くのが難しければ、他の配属先への変更を検討してくれると言ってくださったのだ。

「はぁ……どうしよう……」

ベッドに埋もれたまま呟くと、ふいにベッドの片側が沈む。そこには、いつの間にか戻ってきていたヴェラちゃんが腰掛けていた。

私は起き上がって、しょんぼりした表情を隠せないまま、ヴェラちゃんの隣に座る。

「エミリア、本当にご奉仕メイドのことを知らなかったの？」

「うん。……って、ヴェラちゃんは知ってたの⁉」

「そりゃあね。しかしまぁ、きっとエミリアの家族が不健全なものを可能な限り取り除いた結果だろうけど、過保護なのも玉に瑕《きず》ね。王城に勤めたいけどご奉仕メイドにはなりたくない人は、試験か、せめて研修の前までに無理矢理にでも恋人を作ったりするものよ」

「そ、そうだったの⁉」

「私もエミリアに教えておくんだったわ……。まさか知らないなんて思わなかったもの」

あぁ、きちんと王城メイドの配属先について調べておくんだった。

確かに家族は過保護だったけれど、王城に来てからだって図書室は使えたし、いくらでも調べられる環境だったのに……

「はぁー。初めては好きな人と、って思っていたのになぁ」

がっくりと項垂《うなだ》れた私を、ヴェラちゃんは軽く抱きしめてくれた。そして身体が離れると、彼女が優しい口調で言った。

「……配属先がどうあれ、念願叶って一緒に王城で働けるわね」

「確かに、そう、だよね。……って、あれ。そういえばヴェラちゃんはどこの配属になったの？」

「は？　聞いてなかったの？　私は、第一王女殿下の侍女よ」

「ええっ!?　ヴェラちゃんおめでとう!!」

「ありがとう」

ヴェラちゃんは綺麗なアイスシルバーの髪の毛を揺らし、自慢げにドヤ顔をした。

うう、羨《うらや》ましすぎるぅ!!　でもヴェラちゃんも一緒に王族に仕える侍女を目指していたから、私まで嬉しい!!

「で、どうするの？　辞めるなら今のうちよ？」

「辞めないよ！　だって憧れのメイドさんになれるんだよ？　私、頑張る！　がんば……る……っ」

思わず崩れるように、再びベッドへ倒れ込む。

憧れのメイドさんになれるのはすっっごく嬉しいけれど、配属先が予想外すぎて複雑だ。

「あの後、一体どんな話をしたの？」

「えっとね、ご奉仕メイドについて色々と教えてもらったの。どうしてもできそうにないなら配属先を変えてもらえるかもしれないんだけど……」

「あら、よかったじゃない！　……ん？　でもそれなら、どうしてそんなに悩んでるのよ」

「うん……。それがね、一般的な炊事洗濯掃除をする王城メイドよりも、ご奉仕メイドのほうが侍女になるのに近道なんだってー」

「へぇ、なるほど。それで迷っているのね」

私が王城メイド試験を受けた時、志望動機欄に『いずれ侍女になりたい』と記載したことも、今回の配属先の決定に一役買ってしまったようなのだ。

はぁ。本当に、困った。

「いつでも相談に乗るわ」

ヴェラちゃんがそう言って、肩をポンポンッと叩いて励ましてくれる。

つい、その優しさに甘えて、どん底の私の口から、ぽろっと弱音が零れた。

「うぅ、出世の道を取るか、未来の旦那さまのために初めてを取っておくか……」

これが普通の箱入り令嬢だったら、きっとこの話は断るのだろう。

しかし私は、早く出世してがっぽり稼いで、実家に仕送りしたい気持ちも強いのだ。

でも、身体を使ってまで出世したいかと言われると……

「エミリアも選《え》り好みしてないで、田舎で彼氏くらい作ればよかったのに。それに今時、処女かどうかなんて王族に嫁ぐ時くらいしか重要視されないわよ？」

「だって、同じくらいの年の子なんて皆王都に出て、ほぼいなかったじゃない！　お兄さまも目を光らせていたし。だから王都で素敵な彼氏を作ろうと思ったのに～!!」

はしたないとは分かっていても、枕を抱え、ベッドの上をゴロンゴロンと転がる。

……どうしてこんなに喚《わめ》いているかというと、それはかく言うヴェラちゃんには、既に仲睦《むつ》まじい婚約者がいるからだ。

その婚約者とは何度かお会いしたことがあるが、誠実かつ物腰柔らかな伯爵令息だった。ヴェラちゃんは婚約者と一緒にいる時、いつもより表情が柔らかくなる。二人の雰囲気はすごく良くて、そんな関係が心の底から羨《うらや》ましい。私もいつか、素敵な殿方と巡り会えるだろうか。

まだ見ぬ運命の人に想いを馳《は》せていると、ハッとしたヴェラちゃんが私に問いかける。

「……あ、そういえば、エミリア。お給金はいくらか見た？」

「ううん。まだ見てないけど……」

「ご奉仕メイドってお給金が高いのよ」

「え!!　そうなの!?」

慌てて立ち上がり、机に置いていた雇用契約書を確認する。

そしてそのお給金欄を見た。見間違いかなぁと、小首を傾げてもう一度…………

「え、ええぇぇ!?　見間違い、じゃないっっ!?」

――な、七十万!?　七十万って書いてあるんだけど!?

普通のメイドの初任給は三十万くらいだ。それだって充分高給なのに、それの倍以上!?

三十万あれば、実家へ充分すぎるほど仕送りをした上で、王都のお洒落《しゃれ》なカフェに行ったり流行の菓子を食べる余裕があって、数ヶ月に一度は流行のドレスを買えるかなぁってくらいなのに！

七十万もあったら、近い将来実家の古い屋敷を建て替えられるかもしれないし、我が男爵家のメイドたちにも、立派なメイド服を仕立ててあげられる。

「…………っ」

これは物凄くいい話なのでは……？　女性でここまで稼げるお仕事なんて他に聞いたことはない。

もしも仕える騎士団長が生理的に受け付けなかったら、その時に異動願いを出せばいい。

一気に考えがまとまり、雇用契約書を凝視していた顔を、がばっと上げる。

「…………ヴェラちゃん」

「どうだった？」

「お金に目が眩《くら》んで、すごくやる気出てきたっっ!!」

「ふふっ、エミリアらしいわね」

我ながら単純だけど、お金はあるに越したことはないし、俄然《がぜん》やる気が出てきた！

うんうん。頑張って、騎士団長のもとで働こうじゃないか！

――天国のお母さま、ごめんなさい。

私エミリア、腹を括《くく》って、ご奉仕メイド頑張ります!!

＊　＊　＊

翌朝。

ご奉仕メイドとして頑張ってみると、教官に伝えた。

教官は安心したような様子だったから、この選択は間違っていない、と信じたい。

そのまま騎士団メイド長のところへ挨拶しに行くように言われたので、外廊下を通って騎士棟へ向かう。

騎士団メイド長室まであと少しというところで、後ろから声をかけられた。

「あら？　貴女《あなた》が、新人メイドのエミリアちゃん？」

振り返ると、とんでもなく美人なメイドさんが立っていた。

さらりとした紫色の髪に、慈愛に満ちた優しげな瞳。ぷっくりとした色っぽい唇が印象的だ。

そしてメイド服のワンピースにエプロンを着けていないということは、メイド長の印……

「は、初めまして！　エミリア・レッツェルと申します。これからどうぞよろしくお願いいたします！」

「え？」

「ふふっ。元気がいいわね。貴女《あなた》なら団長にもご満足いただけるかもしれないわ」

彼女は優雅に前に出ると、騎士団メイド長室の扉を開けた。

「さぁ、お入りなさい」

「失礼します」

応接室のソファに座るよう促されて腰をかける。

向かいに座った騎士団メイド長は、ニコニコと穏やかな微笑みを浮かべている。

「では改めて。私は騎士団メイド長のシンシア・ガルシアよ。メイド長は他にも王城メイド長や王宮メイド長がいるから、私のことはシンシアとお呼びなさい」

「はい。シンシアメイド長」

「シンシアさんでいいわよ」

わぁ、すごくお優しそう。ここでなんとかやっていけそうな希望が見えてきた！

「それじゃあ、早速だけど、まずはご奉仕メイドの成り立ちについて説明するわね」

そうしてシンシアさんから説明されたのは、思ったよりもずっと切実な成り立ちだった。

――騎士団が設立された当初は、ご奉仕メイドなんて存在しなかった。

しかし六十年前、この王国で魔物が大量発生している最中《さなか》に、近隣国との戦争が起こった。

そのあまりに大変な時期、騎士たちは多忙を極めている上に命の危機に瀕する機会が多く、生存本能が激しく刺激され、魔力の暴走が多発した。魔力とは、誰しもが少なからず生まれながらに持っているもの。

魔力が暴走すると、あらゆる感情の振れ幅が大きくなる。戦中は、後輩の騎士を性的に襲ったり、誰彼構わず使用人や街の人に手を出してしまう騎士が続出した。

今でこそ騎士はこの王国を守ってくれる頼りになる存在だが、その当時は、騎士といえば野蛮で粗雑な象徴として、恐れられていたそうだ。

この王国の人間は、平均以上に魔力を持っていたら将来は魔道具師、更に魔力が多いと魔道師になって、たとえ魔力が暴走しても制御できるよう訓練を受ける。魔力量の多い人間は常に身体中を巡っている温かい魔力を感じ取れるようだから、コントロールは容易だという。

しかし平均的な魔力量の人間は、ほとんどがその存在を感じ取れない。魔力は血液のように全身を巡っているものだが、感じ取れないのだから、制御するのも難しい。魔道具師や魔道師でない人間――すなわち騎士も、制御できない側の一人だ。

当初は、魔力暴走による問題を起こした騎士に厳しい処罰を与えていたそうだが、制御できないことには対策が難しく、いずれ騎士団の人員が減り、王国の存続までもが危ぶまれた。

その後も手は尽くされたものの改善が見られず、苦肉の策としてご奉仕メイドが設立された。なんでも、騎士らの欲望を発散させれば、生存本能が満たされて、魔力の暴走を防げるのではという仮説のもと始まったそうだ。

「六十年前に起こった魔物の大量発生や、他国との戦争があったことは知っていましたが、まさかそんな事情があったなんて……。しかし、私の兄は辺境伯軍で働いていますが、そのような魔力の暴走については初耳です」

「でしょうね。ここしばらく平和が続いているから、命の危機に陥《おちい》る機会も少ないもの。ご奉仕メイド自体は世間に広く知れ渡るようになったけど、詳しい設立の事情は王国にとっても消したい過去でしょうし、一般的にはあまり認知されていないのよ」

「そう、なのですね……」

「騎士の評判は重要だもの。それに何より、実際にご奉仕メイドを導入したことで、騎士の欲望が内部で発散されるようになって、怪我や殉職《じゅんしょく》、更には外でのトラブルが激減したの。色街へ行くにも情報漏洩《ろうえい》とか色々問題が多くて公《おおやけ》には認められないし。ご奉仕メイドは万が一の事態に備えて今も続いている、大切な存在なのよ」

つまり、単なるストレス解消の道具ではないってことか。

この王国が危機を乗り越えたのは、ご奉仕メイドの存在があったからなんだ。

そしてシンシアさんはこう言葉を続けた。

「だから難しいと思うのだけど、この仕事に少しでも誇りを持ってほしくて」

——誇り、かぁ。

確かに、思い描いていたメイドさんとは違うけれど……

ご奉仕メイドも、立派な仕事だ。

これ以上悲観せず、きちんと向き合いたい。前向きに捉えよう。

私は顔を上げて頷いた。

「私、できる限り頑張ります！」

「ありがとう、そう言ってくれて心強いわ」

シンシアさんが朗《ほが》らかに笑い、それでねと話が続く。

「エミリアちゃんに担当してもらうのは、第三騎士団のランドルフ・リンデンベルク騎士団長よ。

彼にはある事情があって、今は専任のご奉仕メイドがついていないの」

「え？」

「でもエミリアちゃんなら、きっと大丈夫だと思うわ」

じ、事情って、一体なんだろう……？

しかし、それよりも気になっていることが……っ！

「あ、あの、シンシアさん」

「なぁに？」

「も、もしも仮に殿方から乱暴されたら、どのように対処すればよろしいでしょうか？」

先ほどのご奉仕メイドの成り立ちを聞いて、ここだけが引っかかっていた。

私は辺境伯軍で護身術を習っていたし、きっと大男が相手でもどうにか逃げ出せるとは思う。ただその過程で相手に怪我でもさせてしまったら私が処分を受けるのかどうか、不安だったのだ。

すると、シンシアさんが私を安心させるように穏やかな声色で言葉を紡《つむ》ぐ。

「もちろん騎士らは事前に厳重に注意されているわ。それにランドルフ団長は次期侯爵だし、そのようなことをするはずないけれど、もしも乱暴されたら、遠慮なく急所を蹴り飛ばしなさい。私が上席として貴女《あなた》を守るから、何かあったらすぐ私に言うこと。あと、ランドルフ団長以外に誘われることがあっても断りなさい。貴女《あなた》は、第三騎士団長専任のご奉仕メイドになるのだから」

「承知しました！」

「嫌なことがあったら、どんな些細なことでも構わないから遠慮なく言ってちょうだい。エミリアちゃんの心身の健康が一番大切だから。ご奉仕メイドの仕事が難しいようだったら、違う業務に異動することもできるから、これだけは忘れないでおいて」

「シンシアさん、ありがとうございます」

寄り添ってくださるのがひしひしと伝わってきて、ずっと胸にあった不安は散って消えていった。

それからシンシアさんと少し雑談をして、私が担当する第三騎士団長と顔合わせをするのは、明日になった。

ご奉仕メイドの教本と避妊魔法薬、香油をもらった後は、もう自由にしていいと言われたので、騎士団メイド長室を出て、まっすぐ寮に戻る。

――は～、騎士団長ってどんな人なんだろう……？

騎士団長という立派な役職についているのだから、おじさまなのかしら。

私の初めてをあげる人だから、せめて清潔感があって優しくて、尊敬できる人だったらいいなぁ。

まぁ、できれば顔がいい人だったら嬉しいけれど。それは流石《さすが》に望みすぎだろう。

ふと騎士棟の中庭にある木陰で、お昼寝している騎士さまが視界に入った。すやすやと寝ているお顔は、わずかに眉間にシワが寄っているが、遠くから見ても非常に整っている。

――あ、まさに理想の人発見っ！　担当する騎士団長があんな人だったらいいなぁ。

まぁ、まだお若そうだし、そんな都合のいい話があるわけないか……

相手が眠っているのをいいことに、無礼を承知で、じっくり素敵なお顔を堪能する。

男らしい鷲鼻《わしばな》に彫りが深い顔の造形や神秘的な黒髪は、田舎では見たことがなくて、つい目を奪われる。瞼《まぶた》に隠された瞳は何色なんだろう？　きっと綺麗な色だろうなぁ。

広い肩幅が頼もしく、騎士服の上からでも鍛えていることが分かった。

騎士服は第二ボタンまで外されていて、鎖骨が覗いてやけに色っぽい。

……って、何考えているの私……っ!?

見ず知らずの殿方の鎖骨を見て色っぽいと考えるなんて、思わず顔が熱くなる。

あああ……恥ずかしい……。早く寮に戻って教本で予習しよう……


寮に戻るとヴェラちゃんは不在だった。そりゃそうか、普通はもう配属先で勤務中だもんね。

私は自分のベッドに座って教本と向かい合った。

「ここに、私が事細かには知らない、男女の営みについてが書かれているのか……」

普通、そういった性的なことは母親に教わる。しかしその前に私のお母さまは他界してしまった。

だから私は、ソレについて、ふわっとしか知らないのだ。

もちろん、愛し合うカップルが裸で抱きしめ合うことは知ってるよ!?

……だ、だけどその後は、一体何するの!?

子どもを作るために殿方と触れ合うことが性生活で、ソレをしていない私を処女と呼ぶことは、流石《さすが》に理解しているが……

友達が恋人との話を聞かせてくれた時は、分かっている風に『うんうん、そうなんだ』って頷いていたけれど、実は内容を全く知らないとは、恥ずかしくて誰にも言えなかった。

――ずっと気になっていたことが、ここに書かれている……

私は無意識に、ごくりと喉を鳴らす。

そろりそろりと薄目で教本を覗くと、とっても艶《つや》やかな肌色だった。

「ひえっ、こ、こんな……!! こんなことをするなんて……っっ⁉」

か、顔が熱い……!!

でも何故だかページをめくる手は止まらず、若干食い気味に、どんどん読み進めてしまう。

「支給された香油は、あ、あんなところに使うの……⁉」

香油の瓶と教本を見比べながら、またページをめくる。

次のページには、今までの常識を覆《くつがえ》す、衝撃的な子作り方法が描かれていた。

「まさか女性のあそこに、あれを挿《い》れて子種を出すとは……っ⁉」

……あぁ、勢いで最後まで読み終えてしまった。

行為にふさわしい身だしなみを始め、男女の身体の仕組み、殿方に喜ばれる触れ方、そして交わり方やそのバリエーションまで、事細かに記されていた。

初めての乙女は全て男性にお任せするようにとも、それはもうご丁寧に。

はぁ、あまりにも衝撃的な内容で、ドキドキが収まらない。

——皆こんなにもすごいことをしていたのっ⁉

初めては血が出て痛いみたいだけど、私は鍛えているから、きっと大丈夫よね……？

それに避妊魔法薬の錠剤は、女性の身体の負担にならないように調合されているようで安心だ。

事後二十四時間以内に飲めばいいみたいだから、寮の部屋に置いておけばいいだろう。

「私にご奉仕メイドが務まるかなぁ……」

そもそも、担当するランドルフ騎士団長は、私とこういうことをしたいと思ってくれるのかな？

もう十八歳だし胸はそれなりにあるけれど、どちらかというと子どもっぽいと思われそうだしなぁ。

もっと、こう……。色っぽい雰囲気の女性のほうが一般的に好かれるような気がするんだけど……

しかし、やるからには、立派なご奉仕メイドになりたい‼

——ひたすら努力あるのみだ！　前向きに頑張ろう！

# 第二章　誠心誠意お勤めします！

「エミリア！　そろそろ起きる時間よ」

「……はっ！　ふあぁ、ヴェラちゃんおはよ～」

「おはよう。よく眠れたようね」

「あはは。よく眠れちゃったみたい」

明日は初仕事だから緊張して眠れないと思っていたけれど、普通に爆睡してしまった。

我ながら、図太いなぁ……

冷たい水で顔を洗い、支給されたメイド服を身に纏《まと》って鏡の前に立つと、自然と笑顔になる。

業務内容はさておき、今日から憧れのメイドさんだ！

よーし、たくさん稼ぐぞー!!

騎士団メイド長室を訪ねると、シンシアさんが素敵な微笑みで迎え入れてくださった。

「エミリアちゃん、おはよう。覚悟は決まった？」

「……はい！　正直不安もありますが、ご満足いただけるよう精一杯頑張ります！」

「いい返事ね。それじゃあ早速、団長のところに行きましょうか」

「よろしくお願いいたします！」

シンシアさんの後を緊張しながら歩けば、あっという間に第三騎士団長執務室に着いた。

シンシアさんがひときわ立派な両開きの扉をノックすると、入室を許可する声が聞こえて中に入る。

鋭い視線を感じて本能的に顔を上げると、綺麗な赤い瞳に目を奪われた。

彫りの深い顔に、神秘的で珍しい綺麗な黒髪。心臓の鼓動が鳴り止まない。

この人、昨日中庭で寝ていた、騎士さま……

「おいシンシア。――なんだ、こいつは」

「ランドルフ団長、おはようございます。こちらは今日から貴方《あなた》さまを担当する新人ご奉仕メイドのエミリアですわ。ほら、ご挨拶なさい」

シンシアさんに背中を押されて一歩前に出た。

「エミリア・レッツェルと申します。本日からよろしくお願いいたします！」

ご挨拶をした後、背筋を伸ばして一礼する。

どうやらランドルフ団長は、書類仕事をしていたようだ。

座っていても、筋肉隆々で逞《たくま》しい身体なのが見て取れる大柄な人だ。

ぱちりと目が合い、心臓がどきりと跳ねる。

この人と、昨夜読んだ教本に書いてあったようなことをすると思うと一気に身体が熱くなって、恥ずかしさのあまり目を逸らした。

彼ならば、初めてを捧げても大丈夫かもしれないと、直感的に思う。

けれど、私の気持ちとは正反対に、彼の薄い唇から小さな溜息が漏れた。

「俺にご奉仕メイドはいらないと言っているだろう」

「この子は体力テストの結果が歴代一番なんですよ。それにこの健気《けなげ》な瞳が可愛いでしょう？　貴方《あなた》さまがお好きそうではありませんか」

「馬鹿野郎。壊したらどうするんだ」

「大丈夫ですよ、……多分。では私は他の仕事がありますので、失礼いたしますわ。エミリアちゃん、頑張ってね」

「はっ、はい！」

こ、壊す？　なんだか不穏な言葉が聞こえたのだけど……

ご奉仕メイドはいらないと言う理由と、何か関係があるのだろうか。

シンシアさんが部屋から出ると、ランドルフ団長が立ち上がり、こちらへと向かってくる。そして目の前で止まった。

「おい、お前」

「ひゃいっ」

ランドルフ団長は思っていた以上に背が高い。目の前の彼を見上げた瞬間、大きな手が伸びてきて、顎を掴まれる。その手が顎先をすくい上げるように動くのと同時に、整った顔が近づいてきた。

あっという間に、鼻と鼻が触れそうな距離まで迫る。

もしやキスされるのではと、私は反射的にぎゅっと目を瞑《つむ》った。

「何も知らずにここへやってきて、可哀想な奴だ」

「へ？　……いだっ！」

いきなりおでこに衝撃が走り、思わずそこを手で押さえながらしゃがみ込む。

……キ、キスされるかと思ったのに、デコピンされたんだけど……!?

突然の出来事に涙目でキッと睨《ね》めつけると、こちらを見透かすような顔で思わぬことを言われる。

「お前、処女だろ」

「え!?　な、なんで……」

彼はおでこをさする私と目線を合わせるように、床に膝をついた。何故か私の頭に大きな手を置いて、綺麗な赤い瞳が覗き込んでくる。

「処女相手に、できない」

そう言う彼の声色は、思いのほか優しかった。たった今デコピンしてきた相手とは思えない。

だから私も少し冷静になって、ゆっくりと口を開く。

「そ、それは、面倒だからでしょうか」

教本には、初めては出血があるから充分に慣らしてから挿入すること、と書かれていた。初めてというのが処女のことを指しているのだろう。

そのため、すぐに挿《い》れられない私が面倒なのかと思ったのだが、彼は首を横に振った。

「いや、違う。面倒だとは思わない」

「では、どうして……？」

ランドルフ団長は、また小さな溜息をついた。

そして、耳元で囁《ささや》かれたのは——

「俺のがデカすぎて、お前の中に挿入《はい》らないからだ」

想像もしなかった言葉に、ぱちぱちと瞬きを繰り返す。

「女は皆、俺自身と俺のモノに怯えて、逃げやがるんだ。まあ、自分でなんとかなっているから気にするな」

そう語りながら、彼の整ったお顔がわずかに曇った。

しかし、私の頭の中はどんどん騒がしくなっていく。

——デデデ、デカイって、中に挿《い》れるアレのことよね……⁉

教本には、確か、そういう人のモノを〝巨根〟と言うと書いてあった。

こんなに背が高くて逞《たくま》しい身体だもの、きっと、きっと、すごいんでしょうね……‼

もちろん恐ろしくもあるけれど、知識がついた今、男性の身体……というか、ランドルフ団長の騎士服の下がどうなっているのか、興味が湧いてきてしまっている。

どうしても気になって、不躾《ぶしつけ》にも、ある一点に一瞬チラリと少し視線をやってしまう。

思わずごくりと喉を鳴らし、拳を握りしめ、私は勢いよく声を出した。

「あの、お気遣いなく！　私は職務をまっとうしますので！　ランドルフ団長のご奉仕メイドになるからには、怖がらず、しっかり受け止めてみせると、たった今、覚悟を決めました！」

「……お前、自分が何を言っているのか、ちゃんと分かっているのか……？」

「はい！　やってみせましょう！　私エミリア、誠心誠意お勤めいたします！」

「でも処女なんだろ？」

「しかし、私はランドルフ団長の専属ご奉仕メイドです！」

少しの沈黙が、二人を包み込む。

——あれ？　私、早速やらかしちゃった？

そう不安に思った頃、ランドルフ団長の目元が和らいだ。これは微笑んでいるということでいいのかしらと思った瞬間、彼の赤い瞳がギラっと光る。

「そんなに言うのならば、ご奉仕してもらおうか」

ランドルフ団長が片頬をゆっくり上げたのを見て、ようやく気がつく。

こ、これは微笑んでいるんじゃない……

獲物を見つけた、肉食獣の目だ。

ランドルフ団長に捕まえられた私は、横抱きで隣の部屋に運ばれた。カーテンが閉じていて薄暗い。彼がベッドの前で立ち止まり、静かに下ろされる。

覚悟を決めていたとはいえ、この急展開に思考がついていかない。

ランドルフ団長の整った顔が近づいてようやく、自分の背中がベッドにつき、押し倒されているのだと気づいた。

「わ、わぁ……っ⁉」

驚いた声が漏れると、それを塞ぐように唇が重なった。

――私にとって、初めてのキス。

今日初めて話した人なのに、全然嫌じゃないのが不思議。

むしろ身体が熱くて、蕩《とろ》けていくような感覚がしてくる。

何度も触れるだけの口付けをされて、自然と彼の薄い唇をついばむ。

やがて、舌が唇の隙間を割り入って、咥内《こうない》に侵入してきた。上顎や歯列を舐めとられるとあまりの気持ちよさに頭がぼうっとして、どんどんこの行為に夢中になっていく。

しかし呼吸をどうすればいいのか分からない。彼の頬に息がかかるのがなんだか恥ずかしいことのように思えて息を止めていると、「鼻で呼吸をしろ」と囁《ささや》かれた。

私は必死に頷いて、今度はゆっくり呼吸をしながら、舌を絡め合う。

耳に届く水音が妙にリアルで、どうしてだか、お腹の奥が疼《うず》いたような気がした。

唇が離れると、銀糸が二人の間を伝う。乱れる呼吸の中で、彼が不敵に笑った。

「お前、キスだけでこんなに乱れて、素質があるな」

「っ」

意地悪い雰囲気を醸《かも》す笑顔なのに、何故だかきゅんと、ときめいてしまう。

髪の毛を撫でられ、頬やおでこ、涙の溜まった目尻にまでキスの雨が降ってくる。

耳を甘く齧《かじ》られると、自分のものとは思えないほど甲高《かんだか》い声が飛び出た。

ランドルフ団長が小さく笑って、その吐息が耳にかかる。くすぐったくてぴくんと身体が揺れた。

ふいに、彼の舌が耳のふちを這う。

「ひゃ、あ……っ！」

背中にぞくぞくとした快感が走った。

甘ったるい自分の声が恥ずかしくて思わず下唇を噛むと、彼が再び私の唇に触れるだけのキスをする。

「声は我慢しなくてもいい」

「で、ですが……」

「お前の唇が、傷ついてしまう」

噛んでいた痕《あと》でも、ついたのだろうか。私の口元を見下ろし、彼が眉根を寄せる。

それから労るように、下唇を親指でそっと撫でられた。

「このくらい大丈夫です。私は昔から頑丈なので」

「……無理だけはするなよ」

そう言って私の唇をひと舐めし、首筋をなぞるように手を下ろしていく。

最初にエプロンを脱がされて、ブラウスのボタンを一つずつ丁寧に外されると、下着が露出した。

ランドルフ団長は口調こそぶっきらぼうだけど、私に触れる手つきは優しい。

彼になら安心して身を委《ゆだ》ねられる……と考えたところで、ハッとした。

——なんで私がうっとり気持ちよくなっているの⁉

私がご奉仕しなくちゃいけないのに、こんなの逆じゃない！

ブラウスの前を広げて胸に触れようとしていた彼の手を慌てて掴む。

「あの、私がご奉仕しますっ！」

「最終的にはそうしてもらうが、まずはお前の身体を解さないといけない」

「さっきから思っていたのですが、お前じゃなくて、エミリア……きゃあっ」

剣だこのついた大きな手が下着の上から胸を覆い、思わず小さな悲鳴を上げてしまう。

ゴツゴツとした手が胸を優しく揉《も》みしだき始める。彼の大きな手でも溢れる胸が形を変えていく様子がなんだかいやらしい。

それに、男性に自分の胸を好きにされていることに、どうしてか興奮を覚えて、心臓の音がどんどん速くなる。

「ひゃっ」

胸の先端を指が掠《かす》めて、自然と声が漏れた。

やっぱり恥ずかしくて口に手を当てると、すぐにその手首を捕らえられ、また唇が重なった。

深いキスに溺れそうになった瞬間、唇が離れる。

もっと口付けを交わしたいなんて淫《みだ》らなことを考えながら赤い瞳を見つめると、彼は低い声で呟いた。

「声を聞かせろと言っただろう」

「……だけど、恥ずかし……っ、きゃん」

下着をずらされて、尖《とが》った胸の先端を摘まれる。

「はっ。犬みたいな鳴き声だな」

意地悪く笑うと、ランドルフ団長は大胆にも、胸の先端を舐め始めた。

その甘美な快感に、私の世界が揺らいでいく気がした。

だって、自分の身体に、こんなにも気持ちいい場所があったなんて、知らなかったもの……

「んんぅ……っ」

視線が重なる度に、彼の綺麗な赤い瞳がどんどん熱っぽくなっていく。

それを見ていると、やはりお腹の奥が疼《うず》いて、秘所からとろりと何かが滴ったような感覚がした。

昨夜読み込んだ教本には、女性は感じると、男性を受け入れる蜜壺から蜜が溢れ出ると書いてあった。それが自分にも起きているのだと気がついて、思わず太腿《ふともも》を擦《こす》り合わせた。

「下も脱いでみろ」

「えっ!? で、でも……」

とんでもない指示に頭がくらくらする。

ランドルフ団長にはなんでもお見通しなのだろうか。

意識すればするほど、脱がずともショーツが濡れていることが分かって、あまりの恥ずかしさに涙が零れそうになる。

「目を潤ませてもダメだ。ほら、下穿《したば》きを脱いで、脚を広げろ」

「……は、い」

有無を言わさない強い眼差しに、降伏する。

心臓がドキドキして、彼にまで聞こえてしまいそうだ。

緊張して起き上がれそうにないから、寝転んだまま、そろりそろりとショーツの紐を解いていく。

震える手でゆっくり下着を剥《は》ぎ取ると、やはりお漏らしをしたかのように濡れていて、顔に熱がこもる。

続いてメイド服のスカートを震える手で持ち上げる。少しずつ脚を広げたら、秘所に冷たい空気が触れて、ぞくりとした。

指示通りできた褒美か、頭を優しく撫でられる。

そして、ランドルフ団長の目線が開かれた秘所へと下りていく。心臓がすぐ耳元で鳴っているかのように騒々しく響いた。

「やだ……。そんなに、見ないでください……」

——私って、変態だったみたいだ。

愉快そうな表情を浮かべている彼にじっくりと秘所を見られても、全然嫌な感じがしないのだ。むしろ視線だけで感じてしまっているだなんて……

蜜口が物欲しそうにヒクヒクとしている。その上の部分も早く触ってほしいと疼《うず》いて……。自分ではお風呂で洗う時しか触ったことがないのに、こんなのおかしい。

そもそも、衣服がはだけた状態で脚を開いたこの状況だって、普通じゃ考えられないはずなのに。

「どうしてほしい？」

「っ！」

すっと目を細めて問われると、途端に欲望を口にしたくなる。

けれど、私は今にも陥落しそうな気持ちを、わずかに残った理性でグッと堪《こら》えた。目元に溜まった涙が今にも零れそうだ。

「い、意地悪しないでください……っ！」

「こんなに濡らしてよく言うな」

「やぁっ。言わないで……」

羞恥心に耐えられなくなって脚を閉じる。

しかしすぐに大きな手に両膝を掴まれ、先ほどよりも大きく広げられてしまった。

「抵抗しても無駄だぞ」

その言葉に涙の粒がぽろりと零れ落ちて、とうとう私の理性は崩壊した。

ご奉仕するつもりが、どうしてこんなことにという疑問が頭の隅をよぎるけれど、開いた口から願望が零れ出る。

「うぅ、ランドルフ団長……。わ、私が、恥ずかしくて言えないようなこと、たくさんしてくださ、い、ませ……っ！」

精一杯のおねだりを言い終えて、瞼《まぶた》をぎゅっと閉じる。

その直後、顎に手が添えられて、親指で涙を拭われた。

「ま、初めてだから、このくらいで勘弁してやる」

うっすら目を開けてランドルフ団長の様子を窺《うかが》うと、満足そうに片方の口角を上げている。

ランドルフ団長が顎から手を離し、身をかがめながら私の内腿《うちもも》を押し開いた。整った身体がだんだんと秘所に近づいていく。

熱い吐息がそこに当たり、羞恥心でおかしくなりそう。

「っ！　だ、団長、とても近いです……!?　っひゃあ」

彼との距離がゼロになった時、ぬるりと熱くて柔らかい刺激に襲われた。

「あっ、やぁ……っ！　そ、そんなところ、舐めないでくださいっ！　きゃあぁぁ」

私の嬌声と淫《みだ》らな水音が静かな室内に響く。

ランドルフ団長の柔らかい舌が、今まで他の誰も触れたことのない場所を弄《もてあそ》んでいる。

秘所の蕾《つぼみ》を丁寧に舐めてみたり、音を立てて吸ってみたり……

「っあ、だめ……。きもち、んん」

快感の波に攫《さら》われないように、私はシーツをぎゅっと握りしめた。

こんな、腰が引けるほどの快感なんて知らない。

さっきの胸への刺激も気持ちよかったけれど、それよりも更に強く感じてしまう。

「んぁっ、おかし、くなっちゃう……！」

ランドルフ団長が少し動くだけで、私の脚の間で美しい黒髪がふわりと揺れる。

騎士団長という高い地位にいるお方、それもこんなに見目麗《うるわ》しい殿方が自分の秘所を舐めている
事実を突きつけられるようで、頭がくらくらした。

「やっ、なにかくる……っこわい」

敏感な蕾《つぼみ》を刺激され、快感の波がどんどんと押し寄せてくる。

この快感がどこまで高まってしまうのか、急に怖くなって、また涙の粒が零れた。

「大丈夫だ。我慢せず、受け入れろ」

「え？　あ、激しくなっ……⁉　やぁ、なにか、きちゃう……っっ」

大きな手が腰を掴み、彼の顔が秘所に強く押し付けられる。先ほどよりも濃厚に舐られ、唇で蕾《つぼみ》を挟んでちゅくちゅくと強く吸われる。

続いて、もう一方の手が胸の先端を弄《いじ》り始め、同時に与えられる強い快感が一気に昇り詰めてパチンと弾けた。

「あ、あああぁあ……っっ！」

まるで自分の身に雷が落ちたかのような激しい感覚に、頭の中が真っ白になる。

つま先にピンと力が入り、腰がガクガクと痙攣《けいれん》して呼吸が乱れた。

我を失いそうなくらい気持ちよくて、嵐が過ぎ去ると、その後は妙な気怠《けだる》さが残る。

「上手く達せたな」

そう囁《ささや》かれて、ああ、これが教本に載っていた〝達する〟ということなんだと理解した。

この気持ちよさを知ってしまったことで、自分の根底が変わってしまったような、そんな気がして少し呆然とする。それに、はくはくと乱れた呼吸は未だ整わないし、腰は震えたままだ。

ランドルフ団長が私の横に寝転がり、労るように頭を撫でてくれる。

それが妙に心地よくて、だんだんと眠くなってきた。

……いや、寝ちゃダメだ。憧れのメイド生活一日目で、勤務中に寝るなんてありえない。

これからランドルフ団長にも気持ちよくなってもらわなきゃいけないのに。

「……あの、ランドルフ団長」

「なんだ?」

「貴方《あなた》さまにも、気持ちよくなってもらいたいのですが……」

「気持ちだけで充分だ。寝ていろ」

「いえ、でも、お仕事をしないといけません」

「もうお前は充分に働いただろ」

「お前じゃなくて、エミリアです!」

カッとなって寝転がっていた身体を起こす。私ばかり気持ちよくなってしまったのが悔しくて、頬を膨らませた。

すると、肘をついて寝転ぶ彼の大きな片手が、私の膨らんだ頬を潰す。

「つぶへ、な、何するんですか!」

「そのうち初心《うぶ》なお前の身体を慣らした後で、しっかり奉仕してもらうから大丈夫だ。だから今は寝ていろ。寝るのも仕事のうちだ」

「でも……」

「起きたらコーヒーを用意してくれ。ブラックでいい」

「っ! はい、承知しました」

ゴツゴツとしたランドルフ団長の手に宥《なだ》めるように撫でられて、また枕に頭を沈める。

徐々に瞼《まぶた》が重くなって、いつの間にか夢の世界へ落ちていた。

＊　＊　＊

あの後、本当に半刻ほど寝てしまった私は、起きた瞬間に青褪《あおざ》めた。

そして瞬時にコーヒーを用意する任務を思い出し、ベッドから抜け出して、身なりを整える。

今いる部屋、休憩スペースには二つの扉がある。一つは先ほどランドルフ団長が仕事をしていたメインルームに繋がる扉。もう一つは恐らく、使用人スペースへ繋がる扉だろう。

これからお仕事をするには設備を確認しなくてはならないので、まだ足を踏み入れていないほうの扉を開けてみる。

中に入ってみるとやはり使用人スペースのようだった。水道や魔道コンロ、コーヒー器具が揃っていたので、遠慮なく使わせてもらうことにする。

コンロに魔石を投入して火をおこし、ケトルで多めのお湯を沸かす間にコーヒー豆を粗めに挽《ひ》く。

カップに沸いたお湯を注いで温めておき、洗ってよく絞った布フィルターを準備する。

ケトルに残っているお湯の温度を九十度くらいに下げるため、細い口のドリップポットへお湯を移し替える。それから挽《ひ》きたてのコーヒーの粉を布フィルターに入れて、いよいよ丁寧にドリップしていく。

ドリップポットを持って、円を描くように少しずつお湯を注ぐと、コーヒーの粉がぷわぁと膨らんでいく。それを見るのが楽しい。こうやっていると、やっとメイドさんらしいことができた気がすると、苦笑いしてしまう。

——さて、コーヒーを淹れ終わった。

先ほどの営みによる恥じらいを隠して平静を装いつつ、メインルームに続くであろう扉をノックする。ランドルフ団長の返答があり、淹れたてのコーヒーを注いだカップを運んだ。

「ランドルフ団長、お待たせして申し訳ありません」

「いや。身体は大丈夫か？」

「大丈夫です。早速コーヒーをお持ちしました！」

彼の執務机にカップを載せる。

「ああ、ありがとう。……休憩スペースから出てこなかったよな。ということは厨房に頼んだのではなく、お前がコーヒーを淹れたのか？」

「は、はい！　丁寧にドリップしまし、た……」

……しまった。コーヒーを用意してくれとは、厨房からもらってくるようにという意味だったのか。空回ってしまったなぁと、恐る恐るランドルフ団長を見るが、怒ってはいなさそうだった。

というよりむしろ、少し申し訳なさそうな表情……？

「茶を淹れるのは他の奴の仕事だろうに、ご奉仕メイドのお前に淹れさせて悪かった」

「いえ、とんでもないです！　私は一流の侍女を目指しているので、気になさらないでください」

「そうか」

そう頷くと、とうとう彼がカップを持ち上げた。

近隣国から伝わってきたコーヒーは紳士の嗜《たしな》みとして流行しているが、現状、誰もが気軽に飲めるものではない高級品だ。

ヴェラちゃんと一緒に辺境伯邸のメイドたちに学んだことはあったので手順は覚えているけれど。

何度も淹れる修業はしていないし、自分では苦くて飲めないので味見はできず、自信がない。

そのため、きちんと美味しくドリップされたか不安で、ランドルフ団長がカップを口元に運ぶところを固唾《かたず》を呑んで見守る。

ごくりと喉仏が上下した後、ランドルフ団長の頬がわずかに緩んで、ぽつりと呟いた。

「……うまい」

「っ、お口に合ったようで何よりです‼」

――やったああ！　ヴェラちゃんの屋敷で特訓してもらった甲斐があったーっ‼

嬉しくてにこにこしていると、彼は少し言いにくそうに口を開いた。

「これからも、お前に頼んでいいか？」

「はい！　私でよろしければもちろん！　謹《つつし》んでご用意いたします！」

ご奉仕については手も足も出なかったが、コーヒーの味は認めてもらえたようで胸が熱くなる。

紅茶が主流のこの王国で、念のためコーヒーの淹れ方まで覚えておいて本当によかった。

――しかし、それにしても……

執務室を見回すと、書類、書類、書類の山!!

全体的に深みのある色調の室内は、センスがいいアンティーク調の家具で揃えられているものの、手入れはあまり行き届いていないように見える。

しばらく掃除されていないであろう曇った窓、埃《ほこり》が溜まった床。リネン類とゴミの処理は、最低限、他のメイドによって行われている様子だけど……至るところに溜まった塵《ちり》が、部屋を全体的に暗い印象にさせている。かろうじて執務机の上は埃《ほこり》は積もっていないようだが、とても気になる。

だから私は思い切って、ランドルフ団長に話しかけた。

「ランドルフ団長、執務室のお掃除をしてもよろしいでしょうか!?」

「……お前はご奉仕メイドだろう。掃除までお前に求めてはいない」

「しかし、お部屋全体に埃《ほこり》が溜まっていますし、お仕えするランドルフ団長には心地よい環境でお仕事してほしいのですが……。ダメ、でしょうか……?」

この環境では、ランドルフ団長が身体を壊してしまいそうで心配だ。

それにご奉仕のほうは、お役に立てるようになるまで時間がかかりそうだから、せめて普通の労働をさせてもらいたい。でないとお給料泥棒になってしまうもの!

じいっと赤い瞳を見つめると、彼は根負けしたように溜息をついた。

「――そこまで言うのなら好きにしろ。ただし書類には触るな。見るのもダメだ」

「っ！　ありがとうございます」

やった！　これで少しは役に立つメイドだと思ってもらえるかもしれない！

「俺はこの後会議に行ってくる。適当に休憩をとって、定時になったら帰れ」

「はい、承知しました！」

意気揚々と使用人スペースへ掃除用具を取りに向かう。そして大荷物で執務室に戻ると、彼はもう会議に向かったようで、部屋からいなくなっていた。

執務机に残されたコーヒーカップは空っぽで、思わず笑みが零れる。

まだ顔を合わせたばかりだけど、ランドルフ団長の整ったお顔はいつも眉間にシワが寄っている。背が高くて、肩幅も広い。鍛え抜かれた身体からは威圧感を放っている。その上、口調は意地悪。

……でも、きっと、根は優しい人なのだろうな。

はじめはご奉仕メイドに任命されて戸惑いしかなかったけれど、お仕えするのがランドルフ団長で本当によかったと、初日ながらに思った。

――よぉし、早速お仕事がんばるぞ～～～!!

ほどよい疲労感。ピカピカになった窓を見ると、すっかり陽が傾いていた。

「ふ～。終わった～～!!」

綺麗な夕焼けを背に身体を伸ばしつつ、掃除の出来栄えに満足して笑みが浮かぶ。

お掃除は大変だけど、このすっきりした達成感が癖になるんだよなぁ。

さて、片付けようかと掃除用具を持ち上げたところで、扉の向こうから話し声が聞こえてきた。

ランドルフ団長のお戻りだろうかと思った瞬間、執務室の出入口である両開きの扉が開いたので、慌てて頭を下げる。

「おかえりなさいませ、ランドルフ団長」

「まだいたのか」

「はい。今お掃除を終えたところです」

「逞《たくま》しいな」

掃除用具を持ち直して示すと、ふいに彼の後ろからひょっこりと金髪の騎士さまが顔を出した。

「おっ、なになに⁉　この子が新しく配属されたご奉仕メイドですか⁉」

「……ああ、そうだ」

これはご挨拶したほうがよさそうだと考えて、再び掃除用具を置いて口を開く。

「初めまして、エミリア・レッツェルと申します」

「うおぉ、めちゃくちゃ可愛い子ですね！　団長いいなぁ。……って、なんか部屋が綺麗になって明るくなっている⁉　え、机に花まで飾ってあるじゃないですか⁉　あはは、団長の机に花なんてすげえやっ‼　……ツイッタ、殴ることないでしょう⁉」

「やかましい、静かにしろ」

――何やら随分と明るくて賑《にぎ》やかな方がいらっしゃったなぁ。

改めて掃除用具を持ち上げ、少しご機嫌斜めに見えるランドルフ団長に声をかけた。

「それでは片付けてからお茶の用意をしますので、しばらくお待ちください」

急いで片付けようと二人に背を向けると、後ろから突然手首を掴まれた。

「ひゃっ」

私の手首を掴んだのはランドルフ団長だった。

ぱっちり視線が交差すると、彼は片眉を上げて言い放つ。

「あいつに茶なんて出さなくていい」

「えっ？」

「今日は疲れただろう。もう上がれ」

手首から伝わる体温がきっかけで、唐突に昼間の営みを思い出してしまった。

この大きな手にあんなにもすごい快感を引き出されたのだと意識してしまい、顔が熱くなる。

「おい、熱でもあるのか？　顔が赤い」

「っ！」

手首を掴んでいた彼の手に無遠慮に額を覆われ、更に体温が上がっていく。

「これはこっちで片付けておく。熱はなさそうだが配属初日で疲れただろう？　さっさと帰れ」

ランドルフ団長はそう言うなり、私が持っていた掃除用具を奪い取った。

その背後では、自分の部屋のようにくつろぐ騎士さまが「おやおや？」と興味深そうにこちらを見ている。目が合うと、笑顔でひらひらと手を振られた。これはお構いなく、という意味だろうか。

「ありがとうございます。それではまた明日からよろしくお願いします！」

私は熱くなった顔を隠すように一礼して、足早に第三騎士団長執務室を立ち去った。


その後、シンシアさんに終業の挨拶をするために騎士団メイド長室へ足を運ぶ。

ノックをして中に入ると、他の騎士団所属のメイドの先輩たちもいらっしゃった。

「シンシアさん、先輩方もお疲れさまです！　……と、お取り込み中ですか？」

「あらエミリアちゃん、お疲れさま。ちょうど今話が終わったところだから大丈夫よ」

「この子が例の新人ご奉仕メイドですか？」

「そうだけど、例のって……。そんな言い方したらエミリアちゃんがびっくりしちゃうでしょう」

わ、私、知らない間に話題にされるようなことをしてしまったのかな……？

少し心配していると、先輩の一人がすぐに説明してくれた。

「あ、そうよね。初対面なのにごめんなさい。あの第三騎士団長の専任になった子がいると話題に上っていただけで、他意はないの」

「いえ、大丈夫です！　お気になさらないでください！」

――特に私が変なことをしていたわけじゃなくてよかったぁ……

そう思いつつも、〝あの第三騎士団長〟という言い方も気になる。私が不安そうな表情をしていたのか、シンシアさんが安心させるような柔らかい笑顔で話しかけてくれた。

「今ここにいるのは皆ご奉仕メイドとして立派に働いている先輩だから、何かあったら頼るのよ。貴女《あなた》たちも、エミリアちゃんのことをよろしく頼むわね」

「はい、シンシアさん。――エミリアさん、これからよろしくね」

「こちらこそよろしくお願いします！」

先輩方と簡単に自己紹介をした後、思い出したようにシンシアさんから声がかかった。

「そういえばエミリアちゃん、初めてのお仕事どうだった？」

シンシアさんだけではなく、何故か先輩方も心配そうに耳を傾けている。

残念ながら最後まではご奉仕できなかったこと、代わりにお掃除を頑張ったことを伝えると、シンシアさんはとびきりの笑顔になって、私の手を握った。

「よくやったわ！　皆ランドルフ団長のことを怖がるから、それを煩《わずら》わしく思った彼が、リネン交換とかの最低限のことしかしないよう通達していたのよ。どうにかできないかと思っていたけど、エミリアちゃんがやってくれて助かったわ。ありがとう！」

「え、ランドルフ団長は、怖がられているのですか？　確かに威圧感ある佇《たたず》まいですけど……」

私の言葉にシンシアさんは目を見張った。

先輩方が辺りを気にするように見回した後、私の疑問に答えてくれる。

「貴女《あなた》知らないの？　第三騎士団長は、五年前の戦争で、その場にいた敵兵全員の首を躊躇《ちゅうちょ》なく刎《は》ねたみたいでね。戦争後はその功績から史上最年少の二十歳で騎士団長になったのだけど、他国では『斬首の執行人』なんて通り名が広まっているのよ。この王国の英雄だって分かってはいるけれど、そういうこともあって皆足がすくむの。それに、あそこもとんでもない大きさだという噂もあるし……」

「……なんて、お優しい……」

「は？」

「躊躇《ちゅうちょ》なく首を刎《は》ねるだなんて、きっと相手が苦しまないように一瞬で終わらせたってことですよね⁉　中途半端にしては相手も辛いでしょうから。それに、私の兄が軍にいるのですが、いくら質のいい剣でも、スパッと切断するにはかなりの技術が必要だと聞きました。だからランドルフ団長は、とっても腕が立つ騎士ってことですね！　……あれ？　でもなんでそれが怖いってことに……？」

もしかして勢いよく喋りすぎてしまっただろうか。何やらぽかんとしている先輩方に首を傾げると、シンシアさんがくすくすと穏やかに笑う。

「ふふっ。そんなこと言う子、初めてだわ。いつか、ランドルフ団長にも伝えてあげてね」

「……？　分かりました」

寮に戻る頃にはすっかり陽は沈み、眩《まばゆ》い月が顔を出していた。

食堂で美味しい食事を山盛り食べて、一息ついた後、日課のランニングをしてお風呂に入る。

初出勤の今日くらいは走り込みをしなくてもいいかなぁと思ったし、ヴェラちゃんにもそう言われたのだけど、一度怠《なま》けるとそのままやらなくなってしまいそうで不安だから頑張った。

そして寝床につく頃には、いくら体力に自信がある私でも、流石《さすが》にぐったりしている。

だけど今日は、いい一日だった。

なんとかご奉仕メイドとしてやっていけそうでよかったなぁと、ぼんやり思いながら微睡《まどろ》む。疲れていたからか、すぐに眠りについた。

# 第三章　誘惑作戦決行です！

爽やかな朝。

今日も私は、厨房に寄った後で第三騎士団長執務室へ向かう。

ノックして執務室に入ると、すっかり見慣れた黒髪の逞《たくま》しい人が書類仕事をしていた。

「ランドルフ団長、おはようございます」

「ああ」

――第三騎士団のランドルフ団長のもとで働き始めて、あっという間に三週間が経った。

この三週間で、彼はとんでもないワーカホリックであることが分かり、更に、びっくりするほどお食事を取らないことが判明した！

いつか倒れてしまうのではないかと心配で、配属されて一週間ほどが経った頃から、私はお茶出しや掃除洗濯に加え、朝と昼の配膳も自主的に行い始めた。

どれもご奉仕メイドの仕事ではないが、きちんとシンシアさんとランドルフ団長に許可をもらっている。

「本日の朝食は、チキンと卵のサンドウィッチです。淹れたてのコーヒーもどうぞ」

「……お前が来てから部屋が明るくなって、書類仕事がしやすくなった。食事もしっかり取っているからか、目が疲れなくなった」

「っ！」

た、確かに、眉間のシワが若干和らいできているような……！

「――感謝する」

わあああ!! 自分の仕事が認められるって、こんなにも嬉しいんだ！

お澄ましなメイドさんに憧れていたけれど、どうしても笑みが溢れてしまう。

「こちらこそありがとうございます！」

にへっと笑ってお礼を伝えると、何故かほっぺを摘まれた。痛い。


「休憩を取るぞ」

「は、はいっ」

これは、ご奉仕メイドとしてのお仕事の合図。

私は作業していた手を止め、ランドルフ団長の後に続いて休憩スペースのベッドへと歩みを進める。

ベッド脇で立ち止まった彼と視線が交差すると、一気にその雰囲気が変わった。

これからの行為を期待してしまう。

「だんちょ……っ」

手首を掴まれ、瞬く間にランドルフ団長の腕に包まれた。

そして、待ち望んでいた深い深いキス……。まるで食べられてしまいそうなほどに求められて、私はそれに必死で応える。

それでも、いつも私が一杯いっぱいになると手加減してくださった。どこか気遣いのある優しい口付けに、頭がくらくらするほど満たされる。

すっかりランドルフ団長に慣らされてきていて、口付けだけでもう既にお腹の奥が切ない。奥から蜜がとろりと流れる感覚がした。

唇が離れると、熱い吐息が漏れる。もっと唇を重ねていたくてじいっと赤い瞳を見つめると、ランドルフ団長は支配者のような眼差しで私に指示を出した。

「ベッドの上で、四つん這いになれ」

「!?」

突然の言葉に、驚きを隠せない。

思わず縋《すが》るように彼を見上げると、やはり従わざるを得ない圧倒的な強者のオーラを放っている。

これは従うしかない。……というか、従いたいと思ってしまった。

「ほら、早く。まずはベッドに乗ってみろ」

「っ」

この人にこうして強い眼差しを向けられると、胸が苦しくなるほどに、ギュンとときめいてしまうのだ。

もちろんこんな淫《みだ》らな指示、他の人にされていたら従わない。

――でもランドルフ団長は、私の仕えるべき特別な人だから……

「わ、分かりました。やってみますっ」

私は勇気を振り絞ってまずはベッドに座り、身体の向きを変えておずおずと手と膝をつく。

メイド服のスカートが少しめくれて、腿《もも》の裏側がひやっとした。心臓がどきりと跳ねる。

体勢を作れたところで、ランドルフ団長の手がするりと腕と脚の間に滑り込み、私の下腹を持ち上げた。そうすると必然的に、お尻を突き出すような格好になる。

「やぁ、恥ずかしいです……っ」

「そろそろ次のステップに行ってもいいだろう」

「え？」

聞き返す間に、スカートを思い切り腰までめくられた。

「わぁぁ!!　団長、何するんですか!?」

「これ脱がすぞ」

「んんっ」

ショーツの紐を解かれた瞬間、お尻が空気に触れる。そこを背後から覗き込むような気配がして、次いで愉快そうな声が届いた。

「おい。なんでもうこんなに濡れてるんだ？」

「つや！　だって……」

――ランドルフ団長にキスされると、もっと触れてほしくなる身体になってしまったのだもの。

突き出したお尻を、彼の両手が念入りに揉《も》みしだく。

「つ、ひゃあっ」

剣だこのある、少しかさついた指が肌に馴染む感覚には、中毒性がある、と思う。

その夢中になる感覚がしばらく続くと、蜜壺から零れ出た蜜がツーッと膝のほうまで伝った。

「……そろそろか？」

「つんぁ」

秘所の花びらを淫《みだ》らになぞられる。

堪《たま》らず口から嬌声が漏れた。体勢的に、ランドルフ団長の表情が見えなくて少し寂しい。

彼は今どんなお顔をされているんだろう。

そんなことをぼんやりと思っていると、蜜口に指を擦《こす》りつけられた。滴る蜜を指に絡めるような動きをしてから、蜜壺に指先があてがわれる。そして、異物感に襲われた。

「あ、あぁっ！」

「……きついな」

長くてゴツゴツと太い指が中に挿入《はい》ってきて、少し苦しい。でも不思議と痛みや不快感はなかった。

今まで誰も侵入したことのない場所を、ランドルフ団長によって暴かれていると思うと、また新たな快感を得られるのではと、むしろ期待してしまう自分がいる。

「んんっ、ひああ……」

彼は指をゆっくり抜き差しして、お腹側の浅い場所を入念に擦《こす》り上げる。

それが続くと徐々に気持ちいい感覚がしてきて、身体を支えきれずに肘がかくりと折れ、顔が枕にぼふりと沈んだ。

「指一本しか挿入《はい》らないのに、ご奉仕したいとはよく言ったものだ」

「っあ……。ごめんなさっ……あ、あ、あ、ひゃん」

「しかし処女にもかかわらず中で感じるとは。お前にはいつも驚かされるな」

「……んん、そこばっかり、あ、だめぇっ！」

私の弱い場所を見つけてからは、ネチネチと執拗《しつよう》にその場所を責めてくる。

だんだんと快感が高まってきて、そこがはしたなく彼の指をぎゅうぎゅう締めつけるのが分かった。

「はっ。淫乱め」

ランドルフ団長が私を罵《ののし》り、中の指はそのままに、追い討ちをかけるように親指で蕾《つぼみ》を擦《こす》り始める。

「っ、ひゃああっ！　あ、だめイクっ、イッちゃ……！」

「いいぞ、思い切り気持ちよくなれ」

「あああ、あっ、やああ……っっ!!」

気持ちいいところを同時に二箇所も刺激され、快感が一気にビリリと背中まで突き抜けた。

あまりの快楽に完全に身体が崩れ落ち、腰がガクガクと震えて止まらない。乱れた呼吸を整える余裕もなく、うつ伏せでぐったりしてしまう。

そのまま意識を飛ばしそうになるが、行為中ランドルフ団長のお顔を見られなかったのが心残りで、最後の力を振り絞って寝返りを打つ。

彼はどこか優しい眼差しでこちらを見ており、安心感で胸がいっぱいになった。

「寝ていろ」と穏やかな声が耳に届くのと同時に、世界が暗転した。

＊　＊　＊

ご奉仕メイドに配属されてから丸一ヶ月が経ち、今日は記念すべき、初めてのお給料日。

偶然にもヴェラちゃんと非番が重なったので、城外のお洒落《しゃれ》なカフェに来ている。

リーズナブルだけど個室で声が漏れないようになっているとかで、内密な話をするのにピッタリだと、ヴェラちゃんが同僚の侍女に聞いたんだとか。

田舎で暮らしている時に憧れていた、王都のお洒落《しゃれ》なカフェでのティータイム。

しっかり契約書通りの報酬をいただいたし、夢が叶った嬉しさに浸りたかったのだけど……

――残念なことに私の気持ちは、とにかく罪悪感でいっぱいだった。

「うぅ、ランドルフ団長のお役に立ちたいのにっ！　自分が情けなさすぎて、お給金返したいくらいだよぉ……」

「役にならなら立っているじゃない。掃除洗濯配膳で！」

「そう言ってくれるのは嬉しいけどさぁ……。それって、よくよく考えたら普通のメイドや侍女のお仕事じゃない!?　ご奉仕メイドのお仕事はできてないのに、ご奉仕メイドとしてのお給金はきっちりいただくなんて、ひたすら申し訳なくて、胃が……」

そう。私はランドルフ団長を癒《いや》すご奉仕メイドにもかかわらず、一向にご奉仕ができていないのだ。それどころか、毎日自分だけ達してはお昼寝してを繰り返す、駄目メイドっぷりである。

現状、私がご奉仕することは未だ許してもらえておらず、なんなら逆に私がご奉仕していただいている状態だ。

つい先日も「どうぞ、ひと思いに貫いてください」とお伝えしたけれど、首を縦に振ってもらえなかった。

「……はぁ、私って魅力ないのかな」

正直落ち込んでいる。というか、ものすごく悔しいのだ。

私はご奉仕メイドだから身体は当然のこと、ランドルフ団長には全てをさらけ出しているつもりだ。しかしあの方は、ちっとも隙を見せてくれない。

ランドルフ団長に触れられるのは気持ちいいし、本人も優しいからお仕えする相手として信頼している。

だからこそ早く立派なご奉仕メイドになって、ランドルフ団長にもお返しして差し上げたいのだ。

しょぼくれる私を見て、ヴェラちゃんは優雅に紅茶を飲んでから呟く。

「――ねえ。団長ってさ、不能なんじゃないの？」

「ふ、不能⁉　まさかそんなわけ……っ！　ちょっとヴェラちゃん、流石《さすが》に団長に失礼だよ‼」

いくらヴェラちゃんでも、ランドルフ団長の名誉を疑う発言は黙って見過ごせず、勢いよく立ち上がってしまった。

「あら、そんなに怒ると思わなくて。ごめんね」

「ううん……こっちから相談したのに、私こそごめんなさい」

私は再び席について、気持ちを落ち着かせるために、紅茶を一口いただく。

「……まぁ、そんなにエミリアがご奉仕したいのなら、自分で張形《はりがた》を買って練習したら？　私は夜勤でほとんど寮の部屋には戻らないし」

「ええっ⁉　じ、自分で⁉」

思わず口に含んだ紅茶を噴き出すところだった。

確か張形《はりがた》って、教本に載っていた、女性の中に挿《い》れる道具のことだよね……⁉

まさかの提案に、かあっと顔が熱くなる。

「もうエミリアったら、たったこれだけでそんなに赤くなっちゃって……。ご奉仕メイドになっても初心《うぶ》なのはまだ健在ね」

ヴェラちゃんが揶揄《からか》うように笑うので、私はもっと恥ずかしくなる。

しかしよく考えてみたら、とてもいい提案のように思えてきた。

「……確かに、やってみる価値はあるかも。辺境伯軍で訓練していた時みたいにコツコツ頑張れば、色々鍛えられて立派なご奉仕メイドになれるかもしれないし」

「それはちょっと、なんか違うと思うけど」

ヴェラちゃんの実家であるタールヴェルク辺境伯邸で修業した日々を思い出す。

たまに辺境伯軍に交じって、走り込みや剣の素振りをしていた。基本的に隅のほうで邪魔にならないようにしていたけれど、隊長であるお兄さまや軍の皆にたくさん鍛えてもらったなぁ。今となっては懐かしい思い出の一つだ。

「そういえば、もうすぐデビュタントだけど、エミリアは誰にエスコートしてもらうの？」

「一人で参加するよー。お父さまとお兄さまにも配属先のお知らせと一緒に、お金がもったいないからエスコートはいらないって手紙を送っておいたわ！」

「は？　貴女《あなた》のお父さまとお兄さまも、それで納得はしないと思うけど。特にシスコンの兄」

「いやいや。うちは貧乏男爵家だし、納得してくれるよ！」

この王国では十八歳を迎えたら、婚姻が可能な成人とみなされる。

春になると、成人した貴族令嬢の社交界デビューを祝う舞踏会が王家主催で開かれるため、私もヴェラちゃんも招待されているのだ。

ちなみに貴族令息については、よっぽどのことがない限りは寄宿制の学園に通うことになっているので、それが男性の社交デビューとされている。

「ヴェラちゃんは、彼と行くんだよね」

「ええ、婚約者だもの」

「はぁ、好きな人がいるって羨《うらや》ましい……」

「あら？　エミリアには団長さまがいるじゃないの」

「え、えええぇえっ⁉」

「あんなに悩んでおいて、好きじゃないなんて言わせないわよ」

「いやいやいやいや、ちょっと待って待って⁉　お、おお、落ち着こうよ、ヴェラちゃん……」

「エミリアが落ち着きなさいよ」

――うわああ！　待って、待って。こんなのおかしい……

また、顔が熱くなってきた。両手を頬に当てて、気持ちを落ち着かせようと思考を巡らせる。

……うん。私、絶対にランドルフ団長のことを、好きになんてなれるはずがない。

もちろん仕えるべきお方としてはお慕いしているけれど、恋愛ごととなったら別だ。

私はご奉仕メイドに配属されたからランドルフ団長と触れ合っているだけで、彼は騎士団長という地位にいて、なおかつ次期侯爵となる、本来なら雲の上の存在なのだ。

一方の私は、ただの男爵家の娘で、屋敷の建て替えも大変なほど、資金も資産もない貧乏な下級貴族だ。もしも仮にうちと縁続きになったところで身分差がありすぎる。いずれランドルフ団長が当主となる名家リンデンベルク侯爵家にはなんの旨味もない。

それくらい私だって分かっているし、だからこそ恋愛するなら、家格が釣り合った人がいい。

「エミリア……」

「ど、どうしたの？」

「ううん、なんでもない。それじゃあこの後、張形《はりがた》でも買いに行く？」

「えぇっ⁉　ヴェラちゃん⁉」

そういうなんとなく恥ずかしいお買い物は、カタログで選んで届けてもらうものだと思っていたのに、直接お店に行くのかと驚いてしまう。

しかしヴェラちゃんは、カップを持ちながら、魅惑的な笑みを浮かべた。

「王都にはなんとね、殿方は立ち入りを禁止されている、女性専用のお店があるのよ」

「ほ、本当にっ⁉」

そうしてドキドキしながら行ったお店は、詳しく説明するのも憚《はばか》られるほど、すごい雰囲気だった。私はなんとか年の近い女性店員さんのアドバイスに沿って、無事目的のものを買えたのである。

＊　＊　＊

翌日。私は何故か第一騎士団の制服を着た騎士さまに絡まれていた。

「お前、ランドルフ・リンデンベルクのご奉仕メイドだろう」

「え？　はい。そうですが……」

「ふうん。なあ、あんな奴よりも、この俺のご奉仕メイドになれよ」

「え？　……お断りいたします」

なんなんだ、この騎士さまは。ランドルフ団長みたいに素敵な人を、あんな奴だなんて。

「なんだ、可愛い顔してつれないんだな。しかしお前みたいな奴をぐずぐずに溶かして、いじめてやりてえ……。今この場で俺のご奉仕メイドになるなら、お前を側室に加えてやってもいいぞ」

「側室、ですか？」

この人は何言ってるんだろう。側室だなんて王族じゃないと囲えないのに、ちょっとおかしな人なのかもしれない。話が通じなさそうだから、早く立ち去りたいなぁ。

「お、側室に興味あるか？　――って、イダダダダ」

視線は外さずに狙いを定め、タールヴェルク辺境伯軍で鍛えられた足で思い切り踏み付ける。

「あら、失礼。間違っておみ足を踏んでしまいました。ですが私程度に踏まれたところで、側室を囲えるほどの騎士さまなら痛くも痒《かゆ》くもございませんよね？　それでは、先を急ぎますので失礼いたします」

そして、面倒なことに巻き込まれぬよう、そそくさと逃げた。

私は足だけは速いのだ。


背後で怒鳴る騎士さまをなんとか無事に撒《ま》いて団長執務室へ出勤すると、ランドルフ団長は席を外しているようだった。代わりに、先客がソファで寛《くつろ》いでいる。

「エミリアちゃんおはよう！　今日も可愛いね」

「あはは、ヨーゼフ副団長、おはようございます」

彼は、多くの騎士を世に出しているハネス伯爵家の三男、ヨーゼフ副団長だ。

配属初日に遭遇した饒舌《じょうぜつ》多弁な騎士さまは、副団長だった。

というか、ランドルフ団長の執務室を訪ねてくるお客さまは、ヨーゼフ副団長だけだ。

本当に不思議なのだけど、やはりランドルフ団長は恐れられているらしい。

なのでランドルフ団長へのお話は、基本ヨーゼフ副団長を通じて伝えられているようだ。

「次の王家主催の舞踏会はデビュタントだから、エミリアちゃんも招待されているんだよね？」

「はい。末端でも一応貴族籍なので、ちゃんとご招待していただいていますよ。ヨーゼフ副団長もご参加されるんですか？」

「ああ、もちろん。それとランドルフ団長もね。エミリアちゃんの晴れ姿を楽しみにしているよ。ところでパートナーは決まっているの？」

「いいえ、一人で参加するつもりです。お父さまはお仕事で忙しいですし、お兄さまも辺境伯軍で日々防衛をしているので……」

話しているところで、外廊下をドタドタと走る音が聞こえてきた。

どうやらこちらに向かってきているようだが、この足音は明らかにランドルフ団長のものではない。

——何か緊急事態だろうか。

そう思った時、執務室の扉がドンドンと乱暴に叩かれ、返事を待たずにガチャッと開かれる。

「エミリア!!　エミリアはいるかー!?」

入ってきたのは、私と同じベージュブラウンの髪にハシバミ色の瞳の男性。

「お、お兄さま……!?」

訪問者の正体は、辺境伯軍にいるはずのディートリッヒお兄さまその人だった。

「久しぶりだな、エミリア」

「どうして王都に!?　っていうか、なんで王城に来てるの!?」

日々タールヴェルク辺境伯領を守っているはずの人がどうしてここにいるの？

「可愛い妹が一人でデビュタントに参加するなんて寂しいことを言うから、エスコートするために王都へ出てきたんだ」

「いやいやいや、私お仕事中なんだけどっ!?　急に職場に来られても迷惑だよ!!」

話を聞くと、お兄さまは、私の手紙を読んですぐに馬を走らせたみたいだ。

そして驚くことに、タールヴェルク辺境伯領から王都まで通常馬車で三週間程度かかるところを、一週間で来てしまったらしい。

はるばる王都まで馬を乗り換えながら休まず来るだなんて、まさに強行軍だ。

「そうだエミリア、一番大事なことを伝えてなかった」

「何かあったの？」

「デビュタントが終わったら、田舎に帰るぞ」

「は!?　どうして!?」

「ご奉仕メイドなんてエミリアに向いていない仕事を、わざわざやらなくてもいいだろう。だから、お前はやっぱり辺境伯軍で働いたらいい。今は魔物も減ってきているし、タールヴェルク辺境伯もエミリアを雇いたがっていたし、ちょうどいいだろ？」

「なんて勝手なことを言うの!?　私は誇りを持ってこのお仕事をしています」

「何言っているんだ？　途中で会ったヴェラに聞いたが、お前、まだ処女のままらしいじゃないか。

身が綺麗なうちに辞めたらいい。お前は軍での仕事のほうが向いている」

頭にカッと血が上って、思わず押し黙る。

この調子では、ヴェラちゃんからも無理矢理聞き出したのだろう。

確かに一ヶ月経ってもまだランドルフ団長のお身体を癒《いや》せていないから、ご奉仕メイドとしてはかなりの失格で、この仕事には向いていないのかもしれない。

軍で身体を動かす仕事のほうが、性に合っているかもしれないけれど……

「まあまあ、お兄さん。エミリアちゃんはとてもよく働いてくれていますよ。何度言っても片付かなかった団長の薄暗くて陰気な部屋が、エミリアちゃんが来てからあれよあれよという間にここまで綺麗になったんです。有能な彼女が団長のもとから去ってしまうのは、部下として困ります」

「ヨーゼフ副団長……っ！」

いつもヘラヘラとしているヨーゼフ副団長が、意外なほど真剣な眼差しで伝えてくださった言葉の一つ一つが心に染み渡る。

「……ディートリッヒお兄さま。私、ここで働きたいです」

「だがっ」

お兄さまが再び口を開いた時、再び執務室の扉が開いた。

「俺の執務室でなんの騒ぎだ」

「ランドルフ団長！」

ヨーゼフ副団長が素早く立ち上がり、事態を報告する。

「……貴殿がエミリアの兄か。名乗りたまえ」

「はっ。ディートリッヒ・レッツェルと申します。この度は妹に私用のためとはいえ、許可なく第三騎士団長執務室へ侵入したこと、誠に申し訳ありません」

「貴殿はタールヴェルク辺境伯軍二番隊隊長だったな。辺境伯領から王都へ強行軍が向かっていると情報があったが、妹を連れ戻すためだったとは。――己の立場を考えたまえ」

ランドルフ団長の眼光が鋭い。

私とお兄さまのせいでご迷惑をおかけしている事実に、内心動揺でいっぱいだ。

すると、お兄さまがランドルフ団長に敬礼し、声高らかに言葉を発した。

「確かに軽率な行動でした。しかしエミリアは職務をまっとうできていないようですので、返還していただいてもよろしいでしょうか」

「……好きにしたらいい」

それだけ言うと、ランドルフ団長はふらりと執務室を出ていってしまった。

私はまさかの言葉に呆然として、その背中を見送るしかなかった。

あぁ、ランドルフ団長は、ご奉仕メイドの私なんていなくても構わないと思っているんだわ。

なんだか身体が震えてきて、自分の拳をぎゅっと握りしめる。

「く、悔しいいい～～っ‼　絶対に絶対に、私のこと必要って言わせてやるんだからああ‼」

あの後、ディートリッヒお兄さまをなんとか説得して、一つの約束を取り付けた。

デビュタントまでにランドルフ団長が一度でも私を引き止めたら、私はご奉仕メイドとして王城に残る。

しかし、もしも引き止められなかったら、ヴェラちゃんの実家であり、ディートリッヒお兄さまの職場であるタールヴェルク辺境伯軍で働く。そういう話にまとまった。

ちなみにお兄さまには、ご奉仕メイドが辛いと訴えれば配属先を変えてもらえるという話は伝えていない。

普通のメイドのお仕事をする配属先に変えてもらえれば、王城に残ってもいいとお兄さまは言ってくれるとは思う。

だけど配属先を受け入れた時に、やるからには立派なご奉仕メイドになりたいと決意したのだ。

私は、ランドルフ団長の立派なご奉仕メイドになるまで、絶対に自ら異動したくない。

——こうして、私とランドルフ団長の攻防戦の幕が開かれた。


デビュタントまで、あと十日。

全力でランドルフ団長を誘惑していきます！

＊＊＊

早速次の日から、誘惑作戦を開始してみた。

「ランドルフ団長。お疲れでしょうから、マッサージでもいかがでしょうか」

「ああ、頼む」

よぉしっ！　これで身体を密着させながらマッサージをして、リラックスしていただいたところで、ベッドへ誘う。うんうん、我ながら完璧な作戦だわ！

……ってあれ、団長の肩、凝《こ》りすぎでは？

親指が折れてしまいそうなほど、すごく硬い。これはきっちり解していかないと！

首筋から肩まで、一生懸命揉《も》み解していく。

すると、スーッと寝息が聞こえてきた。お仕事で忙しいランドルフ団長の寝かしつけに成功して、ホクホクしたところで、ふと気がつく。

――はっ！　間違えた！　なんで私、真剣にマッサージしてるのよっ⁉

その後も、思いつく限り誘惑に挑戦してみた。

いつもよりもブラウスのボタンを開けて、胸元が見えるようにしてみても気がついてもらえず。

スカートの丈を短くしてみてもスルーで、直接『団長を癒《いや》したいです』と言っても無視された。

――見事に、全敗だ。

「うぅ、流石《さすが》にへこむなぁ……」

寝る支度を終えた私は、自室のベッドに寝転がり、枕にぼふりと顔を埋める。

お兄さまが乗り込んできたあの日から、ランドルフ団長は私に触れなくなった。

私の身体が充分に解れたらご奉仕させてくれる、と言ったのに。

「……うそつき」

悔しくてシーツをぎゅっと握りしめる。

あんなに強烈な快楽を教えられたのにずっと放置されて、最近はランドルフ団長のお顔を見るだけで身体が疼《うず》くようになってきた。

これじゃあ、私がランドルフ団長に籠絡《ろうらく》されているみたいじゃないか。

デビュタントまで、あと五日しかない。このままじゃ本当に田舎に戻されてしまう。

「あっ！　そうだ！」

突如名案が閃《ひらめ》いて、がばりとベッドから起き上がる。

同室のヴェラちゃんは、今日も夜勤でいない。

――これは、最終兵器を試す時では！

ヴェラちゃんと一緒に買いには行ったけれどなんとなく恥ずかしくて、あれからずっとベッドの下に隠してあった包み紙を取り出す。

中身はもちろん、女性の中に挿《い》れる張形《はりがた》だ。

私はまだ未経験なので、太さが指二本分ほどのサイズを選んだのだけど。

……これでも充分に大きいような。

ランドルフ団長はご自身のものをデカイとおっしゃっていたけれど、どれくらいの大きさなのかしらと、手に持った張形《はりがた》をまじまじと見つめてしまう。

前にヴェラちゃんとカフェでお茶した際に、張形《はりがた》で練習をしたらとアドバイスをしてくれたけれど、本当にこれで上手くいくのかな。

しかし、他に方法が思い浮かばない。

私の中が少しでも広がれば、ランドルフ団長の手を煩《わずら》わせることなく、スムーズにお楽しみいただけるかもしれない。

……落ち込むなんて私らしくないよね。まずはできることをやるのが一番だ！

「っよし、がんばろう」

気合を入れてネグリジェをめくり上げると、ショーツの紐を解き、張形《はりがた》を蜜口にあてがう。

「あれ？　上手く挿入《はい》らない」

どんなに先端を押し付けても、何故か中へ挿入《はい》っていかない。

それどころか、無理に押し込もうとすると、少し痛みが走った。

ランドルフ団長の指はあんなにもすんなり挿入《はい》っていたのに、どうしてだろう。

あの方との行為を思い返してみる。確かはじめにキスをしてくださって、その後は胸を――

「……あ、そうだ」

あの時はたくさん気持ちよくしてくれたから、蜜口が濡れていたんだ。

準備が整わずに挿《い》れては痛いのだと分かると、今まで時間をかけて私を解そうとしてくれたランドルフ団長の優しさを思い知る。

彼の触れ方を思い出しながら、ゆっくり自分の胸に手を当て、揉《も》みしだいてみる。

「っふ、あ」

すっかり快感に慣らされたこの身体は、自分で触っても気持ちがいいらしい。

しかし、あのゴツゴツとした大きい手のほうが、蕩《とろ》けるほど気持ちよかった。

意地悪に責め立てられて、でも少し優しくて……それが癖になってしまうのだ。

「んんっ……」

求める愛撫には程遠くて、もどかしい。胸は一度諦めて手を下へ運ぶと、秘所に辿り着く。

ここの膨らみをランドルフ団長が舐めてくださったのよね……

恐る恐る蕾《つぼみ》の部分に指で触れてみると、途端に鋭い刺激が走って反射的に腰が浮いた。

「ひゃん」

思うままに指を動かしてみると、すぐ下の蜜口から蜜がとろとろ溢れてきた。それをあの方がやっていたように指に纏《まと》わせて、また蕾《つぼみ》を刺激する。すると先ほどよりも滑りがよくなって……

「あっ、あ……。やだこれ、気持ちいい……」

無我夢中でゆっくり擦《こす》り続けると、ランドルフ団長に導かれたような絶頂感が近くなってきた。

「ああ、だめっ、イッちゃう……っ」

本能的に、指の動きが速くなる。快感が限界まで高まり——弾けた。

「〜〜〜んああっ！」

息切れが止まらない。

少しだけ気持ちが落ち着くと、途端に一人で達したことに対して羞恥心でいっぱいになった。

——で、でも！　これで張形《はりがた》が挿入《はい》るのでは！

ガクガクと震える腰に鞭《むち》を打ち、先ほど挿入《はい》らなかった張形《はりがた》を蜜口へ再びあてがう。

「あぁっ」

今度はすんなりと抵抗なく中に挿入《はい》った。

なんとも言えない気持ちよさにくらくらする。張形《はりがた》を買ったお店のお姉さんが『これは中を拡張するために作られたものなので、中に挿《い》れっぱなしにしても魔法で半永久的に清潔に保てるようになっていますよ』と言っていたから、今日はもうこのまま寝てしまおう。

この王国では貴重な魔道具師が製作した張形《はりがた》で、思ったよりも高い買い物だったけれど、役に立つことを祈るばかりだ。

明日はランドルフ団長が触れてくれますように、と想いながら瞼《まぶた》を閉じる。

そしてすぐに夢の世界へ落ちていった。

――なんだか、意識がぼんやりする。

原因が何かは分かっている。昨夜寝る前からずっと挿《い》れたままの張形《はりがた》のせいだ。

動くたびに中が擦《こす》れて、その官能的なじんわりとした刺激が私を惑わせる。

こんなにも集中できないのなら、朝出勤前に抜いてくれればよかったと後悔ばかりだ。後でお手洗いとかで抜いてしまいたいけれど、それをどこに隠せばいいだろう……？

平静を装いながら、執務室の使用人スペースでコーヒーをドリップする。布フィルターに入れたコーヒー粉へ、円を描くようにくるくるとお湯を注いでいると、ふいに張形《はりがた》が善《い》いところに当たり、きゅうっと中を締めてしまった。

その瞬間、びくりと身体が揺れ、手の甲にお湯がかかった。

「熱っ！」

びっくりしてお湯を注いでいたドリップポットを落としてしまう。その物音を聞きつけたようで、メインルームで書類仕事をしていたランドルフ団長が、慌てた様子で飛んできた。

「おい、大丈夫か⁉」

こちらまで来て、冷静に患部を確認すると、私の手首を引いて水道に歩み寄る。

そうして無言のまま蛇口をひねり、患部に水をかけてくださった。

後ろから抱きしめられているような体勢に、場違いにも顔が熱くなってしまう。

「っランドルフ団長、申し訳ございません」

「これくらい問題ない。……それより今日は、何をそんなにぼんやりしているんだ？」

耳元でランドルフ団長の低い声が響いて、お腹の奥がきゅんと蠢《うごめ》いた。

ただでさえ、ランドルフ団長を見ているだけで身体が火照《ほて》ってくるのに。

——もう無理、我慢できない……

「すみません、限界です……ランドルフ団長が欲しいです」

「なっ」

掴まれたままの手首を振りほどいて後ろを振り返り、逞《たくま》しい首に腕を回す。もっときちんと冷やさないと火傷《やけど》の痕《あと》が残るかもしれないという懸念が一瞬頭をよぎったが、そんなのはもうどうでもいい。

ランドルフ団長にぎゅっと抱きついて大きく息を吸う。

このウッディな香りが懐かしく思えるほど、私はランドルフ団長に飢えていたのだ。

「どうか、お願いします」

性急に口付けて、すぐに咥内《こうない》に舌を潜り込ませた。

ランドルフ団長に教え込まれたように丁寧に舌を絡めていると、その舌をすぐに捕まえられ、食べられているかのような感覚になる。

深いキスに刺激されて自然と張形《はりがた》を締め付けては、また気持ちよくなって蕩《とろ》けていく。

唇が離れると、二人の間に銀糸が伝った。

「だんちょう……中が疼《うず》いて……たすけてください……っ」

「……お前、俺がどれだけ我慢しているか分かっているのか」

話が分からず小首を傾げる。

ランドルフ団長が頭をガシガシと掻きむしり、身体をかがめた。脇と膝の裏に手が回ったかと思うと、急に踵《かかと》が宙に浮く。

「ひえっ」

無言を貫くランドルフ団長の足はベッドのある休憩スペースに向かっている。

そして私を優しくベッドに放り投げた。

「せっかくお前を処女のまま解放してやろうと思ったのに」

「えっ？」

「肌ちらつかせたり、マッサージとか言って胸を当てやがったりして……」

「ええっ」

も、もしかして、私の誘惑作戦は効果があったのっ⁉

「ご希望通り、お前の中をぐちゃぐちゃにしてやるよ」

メイド服のスカートを大胆にめくられ、手慣れた仕草でショーツの紐を解かれる。

「――あ！」

待って、そこは……っ！

慌てて掴みかけたランドルフ団長の手がピタリと止まった。

いやああ、やっぱり気づかれたよね……!?

ど、ど、どうしよう!?　うわああ、淫乱な女だって思われちゃうかな……

しかし、困惑か罵《のの》りか、と考えていた予想に反し、聞いたこともないほどの怒気を孕《はら》んだ低い声が降ってくる。

「これは誰にやられた。言え」

恐る恐るランドルフ団長を窺《うかが》うと、額に青筋を立て、赤い瞳には烈火のように燃え上がる炎を宿していた。

「第一騎士団の奴か？　お前に手を出したのは」

も、もしかして、ランドルフ団長と敵対している人にコレを挿《い》れられたと思っているの!?

確かに、何故か第一騎士団の人に絡まれたことはあったけれど……

「ち、違います！」

「犯人を庇《かば》うのか？　いや、それとも、お前の恋人が……？」

ベッドに押し付けるように両肩を掴まれる。少し痛いけれど、この誤解は早く解かないと！

「違うんです！　彼氏もいません！　これは私がっ」

「あ？」

「わ、私が！　ランドルフ団長を受け入れるために、自分で挿《い》れたものです！」

「――っ！」

ランドルフ団長がピシリと音でも立てそうな勢いで固まり、その後すぐに片手で顔を覆う。

隠しきれていないお耳が、わずかに赤くなっていた。

「………すまない、誤解して」

「いいえ。こちらこそすみません………」

顔の熱が伝染して、私まで湯気が出そうだ。誤解が解けてよかったけれど、引き続き気になることが。

「あの、自分で挿《い》れるって、その、やっぱり引きましたか……？」

「そんなことはない。むしろ俺のためだと思うと、堪《たま》らないな」

顔の赤みが引いたランドルフ団長が、再び私の秘所に手を伸ばす。

「あああっ」

張形《はりがた》をゆっくりと引き抜かれて、甘い声が飛び出した。

眼前に掲げられたそれは、私の蜜でかなり濡れてしまっていた。それだけ私が一人で感じていたのだと示しているようで、恥ずかしくて堪《たま》らない。

「はぁ、これがお前の中に挿入《はい》っていたのか。……腹が立ってしょうがない」

「え？」

「俺のを先に挿《い》れたかった」

「っ!!」

——ランドルフ団長がデレた。デレた〜〜〜っ!!

ただでさえ熱かった顔が、更にぼふっと上気する。

「エミリア、本当にいいのか」

いつも「お前」と言うのに、こういう時に名前を呼ぶのは、本当にずるい。

私は涙目になりながら、必死に何度も頷く。

「辺境の地に帰すのはやめだ。もう逃さないからな」

ランドルフ団長は、意地悪い笑みを浮かべてそう言った。


淫《みだ》らな水音と甘い声が執務室に響く。

私は一糸も纏《まと》わぬ姿でベッドに横たわり、めくるめく快感に我を失いかけていた。

「綺麗だ」

「っ、ひああ……」

胸の先端をちゅくちゅくと吸われ、反対の胸は指で転がされている。

「もっと乱れろ」

そう言うランドルフ団長の騎士服には少しの乱れもない。私だけが服を着ていないことに、羞恥が込み上げた。

そんな私を揶揄《からか》うように、ランドルフ団長の空いた手が内腿《うちもも》をツーと官能的になぞる。

「……ひゃっ！　あ……」

胸への強い快感と、内腿《うちもも》のもどかしい刺激に、頭がクラクラする。

「も、だめ……」

「まだ、これからだ」

ランドルフ団長の綺麗な赤い瞳の奥が、愉《たの》しげに揺らめいた。

内腿《うちもも》に触れていたランドルフ団長の指が中心に向けてなぞり上げ、辿り着いた秘所を下から撫でる。ぬかるんだ蜜口と薄いひだを経由して、敏感な蕾《つぼみ》をくるくるとなぞって弄《もてあそ》んだ。

「～～っ!!　あ、ああぁっ！　お、おかしく、なっちゃうぅ……っ」

「ああ、おかしくなれ」

彼の指で擦《こす》られるたびに、ビリビリ電流が走るような苦しいほどの快感に襲われる。

そんな強すぎる刺激にはすぐ耐えられなくなった。

「ひゃあぁ……っ！　だんちょっ、だんちょう……だめ、それ以上は……っ」

「何がダメなんだ？」

「あああっ、イッちゃいます……イク、イッちゃうぅ……っ」

瞬間、視界が真っ白になる。弾けるような衝撃に、浮いた腰が震えた。

それなのにランドルフ団長の指は止まらない。

「っやあああ！　んああっ、だめ。イッてる！　イッてるからぁ……」

意地悪な顔をして、私に強烈な快楽を教え込む。もう既に高みに到達しているのに、更なる高みへと昇っていく。

「だんちょっ！　ひ、んっ、もうだめ……っ‼　っ、ひゃあああ……っっ」

再びの絶頂感に、意識が飛びそうだ。

ようやく敏感な蕾《つぼみ》を解放されたかと思えば、首筋をぬるりと舐められて、がぷりと甘噛みされる。

「今日は寝たら許さない」

「っ、はい……！」

意識が飛びそうなのが見透かされたようでドキッとする。

普段の怜悧《れいり》なランドルフ団長も素敵だけど、野生的な雰囲気の今は色っぽくてクラクラした。

唇が重なると自然と舌が絡み合う。上顎を舌でなぞりながら、ランドルフ団長の手が下へ下へと肌を滑っていく。

秘所を探られ、太くて長い指が一本、解れきった蜜壺に淫《みだ》らな水音を立てて侵入した。

「ひゃあ！」

思わず唇を離して声が漏れる。熱い吐息が触れ合った。

「相変わらず狭い。——だが」

「んああっ」

「二本くらいは挿入《はい》るようになったか」

言葉と共に増えた指がやけにリアルに感じ取れる。

張形《はりがた》とは違う感覚が、じわじわと気持ちよくなってくる。

「動かすぞ」

「っあ！」

蜜壺の上壁を二本の指がバラバラと刺激し始める。

「ひゃあっ、んうっ」

「ここか？」

「ああっ、そこ、だめっ」

グイッと浅いところを押し上げられると、特段気持ちいい場所があった。私の善《い》いところを見つけて気を良くしたのか、ランドルフ団長の指が何度も何度もそこを擦《こす》る。

「あぁっ……」

「はっ。堪《たま》んねえな」

一度全ての指が抜け、今度は三本同時に挿入された。

「っひん！」

圧迫感で苦しくなる。しかしランドルフ団長を受け入れるには、きっと必要なことなのだろう。

「……やめるか？」

軽く眉をひそめてしまったのを気づかれたらしい。ランドルフ団長の気遣いの言葉に胸がじんわり熱くなる。いつも意地悪だけど、本当はどこまでも優しいこの方を、早く癒《いや》せるようになりたい。

私は必死で首を横に振って、溺れるように言葉を紡《つむ》いだ。

「どんなに大きくても、団長が欲しい、です……っ！」

「〜〜〜っ！　これ以上煽《あお》るな馬鹿」

もしかして、ランドルフ団長も余裕がなくなってきているのだろうか。

それにあの部分も、ちゃんと膨らんでいて……

――あれ？　苦しそう……？

挿入《はい》ったままのランドルフ団長の指もお構いなしに起き上がると、戸惑ったように指がゆっくりと引き抜かれた。彼の窮屈そうにしている部分に手を伸ばし、騎士服の上からさすってみる。

すると不思議なことに、そこは更に質量を増してピクピクと動いた。

「おまっ、何するんだ」

「だって、苦しそうで……。大丈夫ですか？　下衣を寛《くつろ》げましょうか」

「しかし、お前を怖がらせるわけには」

「私は団長がどんなに大きかろうと受け入れる覚悟です」

「だが……」

躊躇《ためら》うランドルフ団長の騎士服のベルトを解く。

すると、どんどんランドルフ団長の下腹部が盛り上がっていく。

「おい、エミリア」

「どうぞ私にお任せください……！」

こんなこともあろうかと、近頃はご奉仕メイドの教本を何度も読み返していたのだ。

下衣のボタンを外し、あわせを左右に寛《くつろ》げて差し上げると、ぽろんっと大きなモノが出てきた。

「わあ……っ！」

想像の何倍も大きな男根は、確かにご自身でおっしゃる通り、それはもうご立派だった。

他の人のは見たことがないけれど、きっと、いや絶対、他の誰よりも大きい気がする。張形《はりがた》と比べたって全然違うもの……

指三本でも圧迫感があったのに、これが本当に挿入《はい》るのかしらと一瞬気が遠くなる。けれど、そんな自分をすぐ否定する。

――私は裂けても、どうなってもいいのだ。

ランドルフ団長に気持ちよくしていただいた分を返せるくらい、私が癒《いや》して差し上げたい。

「あ、あの、団長がやってくださるように、舐めてもいいでしょうか……？」

「それは構わないが……」

「では遠慮なく」

ランドルフ団長にヘッドボードに背を預けるように座っていただいて、私自身は彼の脚の間に収まった。

いざそれに手を伸ばすと、片手では指が回りきらず、そっと包み込むように両手を添えてみる。

間近で見ると血管が浮き出ていて、教本で勉強したカリ首なるものは、大きく段差ができるほどエラが張っていた。横から見たら鏃《やじり》のような形にも見えるくらいだ。

おへそに届きそうなほど上を向いているそれを、舐めやすいように手前に下げて唇を近づける。

ぺろりとひと舐めすると、ランドルフ団長の身体が少し揺れた。

舌を這わせてゆっくり舐め上げていくと、まるで自分が犬になったようで、何故だか興奮して堪《たま》らなかった。

拙《つたな》い私からの刺激なのに、こんなにも反応してくれて嬉しい。教本で見たように咥えてみようと、丸い先端に沿って唇を開いたところで制止された。

「これ以上は勘弁してくれ……」

「えっ、気持ちよくなかったですか……？」

もしかして、とんでもなく下手だっただろうか。繊細な部分だから、できるだけ弱い力で優しく舐めていたつもりだったのだけど、強くしすぎた……？

不安でいっぱいになって、顔を上げて尋ねると、優しく頬を撫でられた。

「いや、そんなことはない。むしろ善《よ》すぎて我慢がきかない」

ランドルフ団長は上体を起こすと、すぐさま私を押し倒した。その手つきこそ優しかったが、顔を見上げると、赤い瞳は強い欲望を孕《はら》んでいて、どきりと胸が高鳴った。

「……挿《い》れてもいいか？」

「はい……っ」

ランドルフ団長の男根は、先ほどよりも膨張していた。その大きくて長すぎる凶器のような見た目に恐れを抱きながらも、改めて、私との行為でこんな風になってくれたことを愛おしく思う。

私に魅力がないのかもしれないと悩んでいた気持ちが晴れ渡るかのようだ。

脚を大きく開かれて、ぬかるんだ蜜口に彼の先端が当たると、まるでキスしているような感覚に陥《おちい》る。

「挿《い》れるぞ」

とうとうランドルフ団長を受け入れられることに、嬉しさのあまり口元が緩みそうだ。

その声と共に、大きなものがぐぐぐ、と押し込まれる。狭い場所を無理矢理こじ開けられているような感覚に目眩《めまい》がしてくる。それでも、ランドルフ団長を癒《いや》せることが何より幸せだ。

しかし、すぐに裂けるような鋭い痛みに襲われた。

「っ、あ、あぁ！」

「やはり無理だ。抜くぞ」

思わず涙ぐんだ私に気づき、ランドルフ団長は躊躇《ちゅうちょ》なく腰を引こうとする。

けれど、せっかくここまで来たのに。最後までしないなんて私は絶対に嫌で、はしたなくも彼の腰に脚を巻き付けて引き止めた。

「いや！　抜いたらダメです！」

「おい……」

「私はどうなってもいいから、全部挿《い》れてください！」

「っ、嫌になったらいつでも抜くから言え」

私の覚悟が伝わったのか、再びゆっくりゆっくりと、男根が進入してくる。

圧迫感で苦しい。彼の動きが一瞬止まり、もう全部挿入《はい》ったのかなと下を見たけれど、まだ半分も挿入《はい》っていなそうだった。

思わず目を見張った私を見かねたらしいランドルフ団長の大きな手が伸びてくる。左手は胸、右手は秘所の蕾《つぼみ》へ。胸を揉《も》みしだかれ、太い親指に陰核を押しつぶされる。

「あっ……」

「エミリア、可愛いな」

まさか、ランドルフ団長に〝可愛い〟と言ってもらえるなんて。

胸がきゅんと高鳴る。その間も愛撫は続き、痛みで少ししぼんでいた快感がまたぶり返した。

「〜〜っ‼　っあぁ、またイッちゃ……っっ」

ぷっくりと膨れ上がっているだろう秘所の蕾《つぼみ》がグリグリと押しつぶされて、限界を超える。腰が浮いて身体が震えた。と、その隙にランドルフ団長が奥へ奥へと進んでくる。

「っあ、あぁ……」

もう行き止まりなのに、まだだとばかりに押し込まれると、生理的な涙がはらりと流れる。

奥の奥まで到達しているような感覚がした時、ようやく彼の吐息が漏れた。

「全部挿入《はい》ったぞ。よく頑張ってくれた」

ランドルフ団長が私の涙を優しく拭う。

秘所はじくじくして痛いけれど、なんとなく心地いい気分だった。

「……だんちょう、好きなように動いてください」

「馬鹿。これ以上煽《あお》るな」

そう言って、ランドルフ団長がゆっくり動き始める。

「ひゃんっ！　あっあ、んぁっ！」

奥がじんじんして、いつの間にか痛みが気持ちよさにすり替わり、快感が広がっていく。

ランドルフ団長の男根できちんと感じられたのが、堪《たま》らなく嬉しい。

「あっ、あっ、何これ、きもちいっ！」

私の善《い》いところを重点的に擦《こす》り上げられると、怖いくらいの快楽で涙がどんどん零れる。それを彼がぺろりと舐め上げた。

「あんっ、そこばっかり、やっ、だめぇ」

「でもここがいいんだろう」

「んっ、でも、気持ちよすぎ、っだからぁぁ」

ぱちゅんぱちゅんと卑猥な音が耳に響く。奥を突いて引き抜かれる際に、善《い》いところにカリ首の段差が引っかかって擦《こす》れる。そのたびに全身が粟立《あわだ》ち、頭が真っ白になってしまう。

交わるという行為が、こんなにも気持ちいいことだったなんて。

それを教えてくださったのが優しいランドルフ団長で、本当に幸せだと思う。

「ひゃんっ！　あっ、はじめてが、だんちょうで、よかったです」

「だからもう……そんなに可愛いこと言うな」

「んむっ」

大きな手に口を塞がれる。片脚を持ち上げられて、抽挿がどんどん激しいものになっていく。

「んん、っふぅ、んん……っ」

片脚を上げると中の当たる位置がもっと深くなって、口を塞がれてもなお、声が漏れる。

気がつけば痛みはすっかり消えていて、残ったのは猛烈な快感だけだ。

「くっ、もうダメだ」

そう言うとランドルフ団長の整ったお顔が歪んだ。その表情がやけに色っぽくて見惚れていると、私の腰を両手で掴み、今まで以上の速さで腰を打ち付ける。

「すまない。奥に出すぞ」

蜜壺の奥の奥が強く擦《こす》れて、強制的に快感を高められる。

「ひゃあぁ、っすご、い、ぁん、あっ、あっ、イッちゃう……」

塞がれていた口が解放されて、淫《みだ》らな悲鳴が溢れていく。

「……ッ」

「っあ、あぁっ、あぁあ……っ」

熱いものが体内に広がった瞬間、私も快感の渦に攫《さら》われて絶頂を迎えた。蜜壺が子種を取り込もうと、健気《けなげ》に男根を締めつけて収縮する。

疲れて閉じた瞼《まぶた》越しに、ランドルフ団長が私に覆いかぶさって肩を上下させているのを感じる。

私はそのまま意識を手放した――


ふと気がつくと、カーテンの隙間から茜《あかね》色の夕陽が落ちていた。

どうやら私はご奉仕してそのまま寝落ちてしまったようだ。下半身が怠《だる》くて中心がじくじくと痛いのが、妙に生々しい。

少し離れたところで、ランドルフ団長が仕事をしているらしい紙が擦《こす》れる音がした。

――あ、メインルームへの扉が開いているから、仕事中の音が聞こえるんだ。もしかして初めてだった私が心配で、起きたら気づけるように配慮してくれたのだろうか。

ベッドシーツが、あの方のウッディな香りでいっぱいで安心する。ぼんやり瞬きをしながら、すんすんと匂いを堪能していると、執務机にいるランドルフ団長に気づかれたようだ。

「起きたか」

「はい。寝てしまって、すみません」

裸の身体をシーツで隠しつつ上体を起こすと、ランドルフ団長が手伝ってくださる。

「最後までよく頑張ってくれた」

「こちらこそ、ありがとうございました……っ」

照れ臭くて俯《うつむ》くと、頭をよしよししてくれた。それがすごく心地よくて、また瞼《まぶた》が重くなる。

「まだ寝ていていい」

「すみません。では、お言葉に甘えて……」

いくら体力自慢の私でも、初めての行為には耐えきれなかったらしい。

ランドルフ団長の大きな手から伝わる体温を感じながら、再び眠りについた。

「……はっ！」

どうしよう、辺りがすっかり暗くなっている。ついぐっすり眠ってしまった。

相変わらず開いたままの扉の向こうの様子を窺《うかが》うと、執務机のほうにはランドルフ団長の姿が見えなかった。どうやら席を外しているみたいだ。

今のうちに着替えてしまおうと起き上がると、ベッドシーツに血が染みていた。

――私、本当にランドルフ団長に初めてを捧げられたんだわ……！

むふふっと、嬉しくてにやけてしまう。

もちろん恋人ではないけれど、尊敬できる人に優しくしてもらえて幸せだった。私の名前もたくさん呼んでくれて、余裕のない表情も素敵だったなぁ。

そんなことをうっとり考えながら着替えていると、ちょうどエプロンのリボンを結び終えたところでランドルフ団長が戻ってきた。

「おはよう」

「おはようございます。ただいま起きました」

とっくに夜なのだけど、おはようと挨拶してくれるランドルフ団長が眩しい。

……というか、身体を繋げたせいか、なんだかいつもに増して格好よく見える。

「腹が減っただろう？　食べ物を調達してきた」

「わあ！」

差し出されたカゴには、サンドイッチがたくさん詰まっていた。

いつも進んで食事を取らないランドルフ団長が自ら厨房へ足を運んで、私のために食事をもらってきてくれたと思うと、温かい気持ちで胸がいっぱいになる。

「こっちで食べるぞ。歩けるか」

「はい！」

メインルームにある来客用ソファへ座らせてもらうと、ランドルフ団長がどこからかお酒の瓶とグラス、ナッツを持ってきた。

そして、向かいにもソファがあるのに、わざわざ私の横に腰掛ける。座面が広い大きなソファで、何故か肩や膝がピッタリくっついている。

ランドルフ団長の体温が、昼間の情事を彷彿《ほうふつ》とさせて顔が熱くなった。

「葡萄《ぶどう》酒ならあるが、お前も呑むか？」

「は、はい！　いただきます！」

ランドルフ団長が、葡萄《ぶどう》酒を注いだグラスを渡してくださる。

それからご自身のグラスにウイスキーを注ぐと、それを軽く掲げた。

「呑んでいいぞ」

「ありがとうございます」

一口含む。葡萄《ぶどう》本来の甘みが引き出されていて、とても呑みやすいお酒だ。

「ランドルフ団長、美味しいお酒ですね！」

私がそう言うと、ランドルフ団長はふっと笑ってまたウイスキーを呷《あお》った。

「ほら、これも食べろ」

カゴからサンドイッチを取り、私の口元に差し出す。

まるで雛鳥にでもなったようだ。

恐る恐る口を開けると、遠慮なくサンドイッチを突っ込まれた。

「うまいか」

「はい！　とっても！」

な、なんだろうこれは。いつもツンツンしてぶっきらぼうな雰囲気のランドルフ団長が、今だけはとんでもなく優しい対応だ。

不思議なほど甘い空気にドギマギとしていると——爆弾が投下された。

「責任は取る」

「えっ？」

真剣な眼差しに目が離せない。

少しの沈黙の後、ランドルフ団長の薄い唇が言葉を紡《つむ》ぐ。

「エミリアを辺境の地に帰さずに、初めてを奪った責任だ」

一瞬の間を置いて、全身がカーッと熱くなった。

——責任を取るって、お嫁さんとしてもらってくれるという意味では!?

「と、とてもお気持ちは嬉しいのですが、一介のご奉仕メイド相手に責任を取る必要はありません」

「……いや、すまない。責任を取るというのは口実だな」

「そ、それは。どういう……っ!?」

顔を覗き込まれて赤い瞳と視線が交差する。次に頭の上へぽふりと手を置かれると、やけに大切そうに髪の毛を梳《す》かれて……。彼は絞り出すような低い声で言った。

「俺はエミリアを好ましく思っている」

「〜〜〜っ⁉」

「お前が仕事で俺の相手をしてくれているのは分かっているんだが、一度抱いたらもう我慢できなくなった。──他の誰にも渡したくない。俺のものになってくれ」

ランドルフ団長は、固まる私を見て小さく笑うと、再びウイスキーを呷《あお》る。

そして、私の耳元で「考えておいてくれ」と呟いた。

『俺はエミリアを好ましく思っている』

ランドルフ団長の思いがけない告白が堪《たま》らなく嬉しくて、すごくドキドキした。

──そして自分の心に芽生え始めていた、淡い恋心にも気づく。

今思えば、中庭で眠る姿を初めてお見かけしたあの瞬間、一目惚れしたのかもしれない。

だけどランドルフ団長は、次期侯爵になられるお方。私のような持参金も用意できない貧乏男爵家の娘ではとても釣り合わないし、迷惑をかけてしまうだろう。

きっと、私よりもずっと高貴で、ランドルフ団長にふさわしい女性がいるはず。

……そう考えると、胸がズキズキと痛んだ。

# 第四章　デビュタント

ついにデビュタント当日。

ヴェラちゃんと共に、デビュタント用の真っ白なドレスを身に纏《まと》う。

私のドレスは亡き母がデビュタントで使ったボールガウンで、王都の仕立て屋に今の流行に合わせてリメイクしてもらったものだ。

一から仕立てたらとんでもない金額になるし、それに何より、このドレスを着ていたら亡き母が私のデビュタントを見守ってくれるような気がするから——

鏡に映ったドレスをうっとりと眺める。もしお金がたくさんあったとしても、きっとこのドレスをリメイクすることを選んでいただろうなぁ。

全体的に見たら清楚なドレスなのだが、スタンドカラーの襟元から鎖骨にかけて、うっすらと肌が透ける繊細なレースが贅沢に使われている。デビュタントにふさわしく、女性が花開く様子を印象づける、少しだけ大人なデザインだ。

胸元には新たに白百合のカメオブローチを、そして可愛らしいリボンをウエストの切り替え部分に付けてもらった。スカートはチュールがいくつも重なり、ウエストから丸くふわふわに膨らんだデザインだ。

ヴェラちゃんに横や後ろから確認してもらいながら、念入りにヘアメイクを施す。

彼女にはこの日のために辺境伯邸からメイドが来ていて、私の準備も少しだけ手伝ってもらった。

「エミリア、可愛いわ」

「えへへ。ヴェラちゃんこそ、本当に綺麗……！」

部屋を出る直前に、二の腕まで覆うレースのグローブをはめる。

ヴェラちゃんは同じく純白のドレスを着ているが、今日のために婚約者のご令息から贈られた、銀糸の刺繍《ししゅう》が入ったデザインだ。髪の毛も全て編み込んでまとめて、まるで女神さまみたい。

「さあ、行きましょうか」

辺りはすっかり夕闇に包まれている。

王城の舞踏会ホール前まで一緒に移動して、ヴェラちゃんは婚約者の彼を、私はディートリッヒお兄さまを捜すため、一旦別れることになった。

「それじゃあ、また後でね。彼もエミリアに挨拶したがっていたから」

「うん、分かった。ヴェラちゃんも楽しんでね！」

ホール前は随分と人が多い。まぁ今夜は同い年の貴族令嬢が全員招待されているから当たり前か。

私は人にぶつからないよう、ゆっくり慎重に歩いてお兄さまを捜した。

しばらくそうしていると、背後から聞き馴染みのある声がかかる。

「エミリア」

ドレスの裾を持ち上げて丁寧に振り返ると、そこには正装姿のお兄さまが立っていた。

「お兄さま！」

きちんとお兄さまと合流できてよかったと胸を撫で下ろす。

「すごく綺麗だ。父上にも見せてやりたかった」

「お兄さまも素敵ね」

ディートリッヒお兄さまは、式典用の軍服を着ている。

軽く腰を折り、芝居がかった仕草で私に手を差し出した。

「さぁ、お手をどうぞ。お姫さま」

「ふふっ、お兄さまありがとう！」


お兄さまと舞踏会ホールに足を踏み入れ、あまりの眩しさに目を細める。

王家主催の舞踏会はとんでもない規模で、足がすくみそうだった。

ホールは広く、高い天井から大きなシャンデリアが数えきれないほどたくさん吊るされている。

金の装飾がなされた壁に沿って大理石の柱がいくつも立ち並び、足元の光沢のある白いタイルの床は、ヒールで歩くのが躊躇《ためら》われるほど綺麗に手入れされていた。

ここは、私が今まで立ち入ることができた王城の施設の中で、最も豪華なホールだ。

まだ舞踏会は始まっていないが、ホールには王城楽団による優雅な演奏が流れている。ホール中央を避けて歓談する貴族たちの華やかな姿は圧巻だ。

この後舞踏会が始まる前に、デビュタントを迎える令嬢たちが王家の方々へご挨拶するのが慣例になっている。私とお兄さまも例に漏れず、同い年の令嬢たちと一緒に中央へ進み、合図を待つ。

——煌《きら》びやかな世界に、つい気後れしてしまう。

お兄さまの言う通り、確かに私には自然が豊かな辺境の地が合っているかもしれない。

もちろん、お役御免になるまでは、今の仕事を辞めるつもりはないけれど。

「お兄さま。私のために王都に出てきてくださって、本当にありがとうございました」

「ははっ。エミリアがそう言ってくれるなら、来た甲斐があったよ」

王城楽団の演奏が気持ちよく終わり、談笑する声だけがホールを包む。

少しすると近衛騎士が前に出て、ひときわ大きな声が響いた。

「まもなく王族の皆さまがお見えです。ご準備ください」

勢いよくファンファーレが鳴り、ホールのざわめきが静かになる。

二階の上座から王族の方々が登場すると、招かれた全員が一様に深々と礼をした。

私もカーテシーをして、恐る恐る王族の皆さまを見上げる。

「社交界デビューのご令嬢方、この度はおめでとう。この舞踏会が素晴らしいものになることを祈っておる」

今話しておられるのが国王陛下で、そのお隣が皇后陛下。その後ろにいらっしゃるのが、王太子殿下と第一王女殿下、第二王女殿下かしら。

「今宵は特別に、王太子のジークハルトがファーストダンスを務めよう」

その瞬間、会場の令嬢たちが色めき立つ。

陛下に示されて動いたのは、国王夫妻の後方にいらっしゃる男性だ。

やはりあの方が、ジークハルト王太子殿下だったみたい。

二階からホールへ繋がる螺旋《らせん》階段を下りてくる、金髪碧眼《へきがん》に甘いお顔立ちのジークハルト王太子殿下は、まさに絵本に出てきそうな王子さまだ。しかも婚約者が決まっていないのだから、若い令嬢たちがそわそわするのも分かる。

まぁそうは言っても、こういうのは事前にお相手が決まっているのが相場だ。そう考えている間に、だんだんジークハルト王太子殿下が近づいてくる。

お兄さまと共に一歩避けて道を開けたが、何故かこちらに向かってきているように思う。

――いや、まさかね？

すると彼は私の近くで立ち止まった。お隣のご令嬢がお相手だったようだ。

お兄さまがお辞儀をし、私はカーテシーで王太子殿下への敬意を表す。

「ご令嬢、相手をお願いできるかな」

顔を伏せて涼やかなお声だなぁなんて思っていたら、手を握られた。

――え、何ごとっ⁉

驚いて顔を上げ、恐る恐る口を開く。

「……私、でしょうか……」

「ああ」

ひえぇぇ⁉　なんで私なのーーっ⁉

にこにこと人好きのする爽やかな微笑みを浮かべるジークハルト王太子殿下に対し、私の笑顔はヒクヒクと強張っている。笑みの形を保っているだけでも、自分を褒めたいくらいだ。

口を開くのに緊張して仕方がない。しかし答える言葉は決まっている。

――何故なら、王太子殿下の誘いを断る選択肢なんて、私などには与えられていないからだ。

「……喜んでお受けいたします」

「さぁ行こう」

私はジークハルト王太子殿下にエスコートされてホールの中央へ進んだ。

笑みが引き攣《つ》ってしまうのは、仕方がないことだろう。

それはもう壮大な演奏と共に、ダンスが始まった。

幸いにもダンスは得意だから大丈夫だとは思うけれど、万が一ジークハルト王太子殿下のおみ足を踏んだらどうしよう……地下牢行き、なんてことはないよね……？

たくさんの人の視線を感じるし、緊張でステップを間違えてしまったら……なんて考えて、冷や汗がダラダラと背中を伝った。

するとと私の心情を察してか、ジークハルト王太子殿下が顔を寄せ、安心させるような声色で言った。

「すまないね。目立たせるようなことをしてしまって」

「いえ、誠に光栄なことですので……！」

「そう言ってくれると助かるな」

ジークハルト王太子殿下は雲の上の人だけど、気さくに相手をしてくださって、わずかに緊張が解れる。

ダンスもお上手で、身体が勝手についていく。私は緊張で動きがぎこちなかったけれど、曲の中盤にもなると、軽やかにステップを踏めるようになった。

「君はランドルフのご奉仕メイドだろう？」

「はい」

「君のおかげでランドルフの荒れた生活が整ったと聞いているよ。そのことで直接お礼を言いたいと思っていたんだ」

――ああ、そうか。ジークハルト王太子殿下は、ランドルフ団長のことを気にかけていらっしゃるから、私をファーストダンスに誘ったんだ。

「これからも面倒を見てやってくれるかい？」

「もちろんです」

ちょうど一曲目が終わり、鍛え上げたカーテシーで締めくくる。

会場には、盛大な拍手が響き渡った。


「エミリア、デビュタントおめでとう」

ジークハルト王太子殿下とダンスをした後、お兄さまとも踊って休憩していると、ランドルフ団長が現れてどきりと胸が高鳴った。

普段の機能性重視の騎士服姿も素敵だけど、綺麗な装飾や勲章がついた式典用の黒い騎士服も、心臓が潰れてしまいそうなほど素敵だ。

「ランドルフ団長、ありがとうございます」

先日の告白を思い出してどんな顔をしていいか慌てていると、ランドルフ団長はすぐにディートリッヒお兄さまに向き合った。

「ディートリッヒ隊長」

「はい」

「すまない、前言撤回する」

「――っひゃ」

二人のやりとりを見守っていると、突然ランドルフ団長に腰を抱かれ、思わず赤くなる。

「俺に仕え続けるより田舎に帰るほうがエミリアにとっていいと考えていたが、それは間違っていた。もうエミリアのいない生活に耐えられそうもない。このまま預かっていてもいいだろうか」

まるで二度目の告白のようだ。甘くて真摯《しんし》な言葉に、とにかく彼が好きだという気持ちでいっぱいになる。

こんなにも誠実で優しい人を、私は他に知らない。

「お兄さま、私からもお願いします。どうしてもランドルフ団長のもとで働きたいんです」

私たちの言葉を聞いていたディートリッヒお兄さまは、にっこりと笑みを浮かべた。

「ランドルフ団長、エミリアをお願いいたします」

ランドルフ団長と、自然と顔を見合わせる。

綺麗な赤い目が綻《ほころ》んでいて、私も嬉しくて笑みが止まらなかった。

「いやーしかしよかったですよー!!　エミリアちゃんがいなくなったら、第三騎士団はまた地獄と化す……イダだだ!!　団長、足踏むのやめて!!」

ディートリッヒお兄さまが挨拶のために去った後。ランドルフ団長とお話をしていると、ヨーゼフ副団長が現れた。

「あはは。大袈裟すぎますすよ」

「いいえ！　大袈裟なんかじゃありません。あ、遅くなりましたが、ジークハルト王太子殿下とのファーストダンス、毅然《きぜん》と対応されていて、皆感心していましたよ」

「そう見えましたか？　内心粗相がないようにするので精一杯で、冷や汗ダラダラでしたよ」

こっそりヨーゼフ副団長の耳元で打ち明けると、ランドルフ団長が「距離が近い」と言って、肩を抱いて引き剥《は》がされた。

もしかしてやきもちを焼いてくださったのかしら。もしそうなら胸がきゅんとしてしまう。

しかし、公《おおやけ》の場でこんなに距離が近くていいのだろうか。訴えるようにランドルフ団長を見上げたけれど、思い切り目を逸らされた。

「さて、ランドルフ団長。そろそろ挨拶回りの続き行きますよ～」

「ああ」

そうして彼の手が離れると、少し寂しくなる。

そんな思いが通じたのか、歩みかけていたランドルフ団長がこちらに戻ってきた。

私の肩に手を置き「言い忘れた」と言うと、今度は耳元で囁《ささや》かれる。

「……ドレス姿もそそるな。一緒に踊りたかったが、またの機会に」

瞬時に、全身が熱くなる。

耳元を押さえた私を置いて、ランドルフ団長は満足げに去っていった。

しばらくその場で深呼吸をしていたけれど顔の熱が冷めず、飲み物でも取りに行こうかと思った時、横手から声がかかった。

「エミリア、お疲れさま。ファーストダンス見事だったわよ」

「あ、ヴェラちゃん！　それにアーベル伯爵令息も、お久しぶりです」

「久しぶりだね、エミリア嬢。いつも私のヴェラと親しくしてくれてありがとう」

相変わらず物腰柔らかなご令息で、ヴェラちゃんを大切にしている様子が窺《うかが》える。

ヴェラちゃんの腰にさりげなく手を添えてエスコートしているところも素敵だ。

「ふふ、それはこちらの台詞《せりふ》ですよ。ヴェラちゃんにはお世話になりっぱなしですから」

「それは確かにそうかもしれないわね」

「ヴェラちゃん、そこは否定してよー!!」

そんな風に談笑する間に、気がついてしまった。

そういえばアーベル伯爵令息は銀色の瞳をしている。

デビュタントのためにアーベル伯爵令息から贈られたという、今ヴェラちゃんが身に纏《まと》っている純白のドレスは、銀糸の刺繍《ししゅう》が施されたデザインだ。

きっと、ヴェラちゃんをご自分の色に染めたいということなのだろう。

――きゃああ、そういうのって傍《はた》から見てもドキドキする！

やっぱりヴェラちゃんはアーベル伯爵令息と一緒にいると、いつもより穏やかで雰囲気も柔らかい。アーベル伯爵令息のほうも、ヴェラちゃんを溺愛していることが目に見えて分かる。

この二人の関係性って本当に素敵で憧れるなぁ。

その後、ディートリッヒお兄さまが戻ってきてからは、一緒に軽食を取って大いに舞踏会を満喫した。

お兄さまに、ランドルフ団長のご奉仕メイドとして王城に残ることを認めてもらえて本当によかった。

しかし心残りがあるとしたら、ランドルフ団長と一度でもいいから踊りたかったなぁと図々しくも思う。

告白のお返事もしないまま、それも身分違いなので前向きには考えられていないというのに、こんなことを望んでしまうなんて我ながらひどい女だと自嘲した。

＊　＊　＊

翌朝。

ディートリッヒお兄さまがたくさんの王都土産を手に、辺境の地へ旅立つところだ。

生憎の曇り空だが、雨は降りそうにないから予定通り出発するという。

「エミリア、辛くなったらいつでも帰ってこいよ」

「ふふっ。お兄さま、もう私は大人ですすよ？　少しくらい辛いことがあっても耐えてみせます！」

「何を言っている。大人でも甘えていいんだ」

そう言って、私をぎゅっと抱きしめると、お兄さまは馬に乗った。

「エミリア、またな！」

「お兄さま！　お気をつけてー！」

――次はいつ会えるかな……？

しんみりと寂しく思いつつも、私はお兄さまが見えなくなるまで大きく手を振り、笑顔で見送った。

## 第五章　突然の嵐

デビュタントから数日が経つと、浮き立った王城の雰囲気はすっかり落ち着いて、ようやくいつもの日常が戻ってきた。

寮の窓から見上げれば、私の気持ちと同じように晴れ晴れとした青空が広がっている。

今日も元気いっぱいにお仕事を頑張るぞ！

「ランドルフ団長、おはようございます」

「早いな」

「恐れ入ります。朝食の用意が整っていますが、召し上がられますか？」

「頼む」

仕事内容は以前と何も変わらない。

朝昼の配膳に、食事時と休憩後にコーヒーをお出しして、洗濯掃除も欠かさない。

しかし、最近一つ仕事が増えた。

——やっとやっと、本格的にご奉仕させてもらえるようになったのだ！

「エミリア、そろそろ休憩しよう」

「っ、はい」

――この日は、私がリードをするのだと意気込んでいた。

彼のご奉仕メイドとして働けることはとても嬉しい。けれどまた一つ悩みが増えた。交わってはくれるが、やっぱり私からご奉仕させてもらう機会が少ないのだ。

立派なご奉仕メイドになりたいから、責められてばっかりじゃいけない。

どんどん欲張りになっている気がするけれど、それでも私がランドルフ団長を気持ちよくして差し上げたいのだ。

「ランドルフ団長、今日は私が上になります」

「……ほう」

「たっぷりご奉仕しますから、覚悟してくださいね」

ランドルフ団長の右手を両手で包み込み、ベッドのある休憩スペースまで引っ張る。

ベッドに座っていただき、メイド服をがばっと脱いで下着姿になった。素肌に突き刺さる色っぽい視線が熱い。見られているだけで身体が火照《ほて》っていく。

下着姿のまま逞《たくま》しい身体に抱きつき、彼のお膝に跨《また》がった。驚いたように息を呑む音が聞こえたが、それは無視をする。

ランドルフ団長の薄い唇の間を割って、舌を咥内《こうない》にねじ込む。待ち構えていたように、舌を搦《から》め捕られた。

こちらがリードしようと思っていたのに。逆に下唇を喰《は》まれて、どんどんと深いキスへと堕《お》ちていく。当然ランドルフ団長に勝てるはずもなく、私は不可抗力で蕩《とろ》けていった。

唇が離れた瞬間、ふっと得意げに笑った彼をじっとり睨む。

「……っだんちょう！　私がご奉仕したいのに！」

「では続きを任せよう」

ランドルフ団長は片眉を上げて実に愉快そうな顔をしている。

私はとにかく悔しくて、筋肉がついた広い肩に手を置き、思い切り押し倒した。

――絶対にランドルフ団長を喘《あえ》がせてみせる！

心の中で強く意気込み、ランドルフ団長の騎士服に手をかけた。

上からボタンを外していくと綺麗な首筋が現れて、急に恥じらいが襲ってくる。

よく考えてみたら彼の上着を脱がせるのは初めてで、ボタンに触れる手がわずかに震えた。

「手伝うか？」

私が組み敷いているのに、下からやけに挑戦的な眼差しを感じる。

「っいいえ、お気遣いなく」

何度もこの方と濃厚なひと時を過ごしたのに、ランドルフ団長の扇情的な肌を直視できなくて、いたたまれない。最終手段としてそっぽを向いてボタンを外し始めると、笑いを堪《こら》えるような声が聞こえた。

それにも構わず上着からシャツまでをようやく脱がし終えて、ホッと一息つく。

しかし、気を抜いてはいけない。今日は私がご奉仕するのだから！

勇気を出して綺麗な鎖骨を指でなぞると、艶《つや》やかな肌はすべすべだった。

逞《たくま》しい胸の谷間に恐る恐る口付けるとランドルフ団長の体温を唇で感じて、なんだか興奮してくる。

恥ずかしくて直視はできないから、瞼《まぶた》をぎゅっと瞑《つむ》りながら舌を這わせる。

胸の突起を見つけ、ぺろりと舐めて、ちゅくちゅく吸ってみた。頭上でわずかに吐息を漏らす気配がして、調子に乗って、左手でもう片方の突起を探る。

「っ、おい」

声を無視して夢中で愛撫を続けると、急にショーツ越しのお尻が甘い刺激に襲われた。

「ひゃんっ」

ランドルフ団長の熱い手が、私のお尻を下からすくい上げるように揉《も》みしだく。

「んぁ、だめぇっ」

時折、ぎゅっと爪を立てて強く掴まれたり、反対に優しくさすられたり。

欲のこもった手つきに、きゅんとお腹の奥が疼《うず》いた。

私も負けじと、胸を弄《いじ》っていた手を下へ下へと進める。硬く大きな膨らみを見つけて、そっと撫でた。

「っく。それやめろ」

「気持ちいいですか？」

「ああ。……今にも出そうだ」

ランドルフ団長が、寝転がったまま自分の下衣のベルトを外す。

「挿《い》れてくれ。ご奉仕メイド殿？」

「はい、頑張ります！」

一度膝から下りて下衣を脱がして差し上げると、長くてご立派な男根が、おへそに届きそうになっていた。先から透明な液が出ていて、私に反応してこうなったと思うと嬉しい。

改めて跨《また》がり、自分のショーツをずらして蜜口に男根をあてがう。

ランドルフ団長に触れた興奮で、私のそこも、解さずとも既に濡れていた。

思い切って腰を沈めると、待ち望んでいた快感がやってきて背中がぞくぞくする。

「んああ、はぃ……ってくるっ」

蜜壺が悦《よろこ》んで収縮する。全部挿入《はい》る頃には、軽く達してしまった。

腰を上下したりぐるんと回したりして、ランドルフ団長にご奉仕する。

快感に耐えるランドルフ団長の吐息が色っぽくて、堪《たま》らなく愛おしい。

途中で胸を覆う下着を外され、胸の先端を舐められた。そのたびに甲高《かんだか》い嬌声が零れ、中が締まって更に感じてしまう。

しまいにはランドルフ団長が下から腰を打ち付けてきて……

「つやあ、だんちょう。わたしがっ」

「もう我慢できない」

支えつつ押さえ付けるように両肩を掴まれ、信じられないくらい激しい抽挿が始まった。

「つ、あああっ、んぁ、激しっ」

下から来る衝撃に胸が大きく揺れて、そこに強い視線を感じた。

「いい眺めだ」

満足げで、気持ちよさそうな表情にどきりとする。

はぁ困った。どうしよう。

——ランドルフ団長のこと、どんどん好きになってしまう。

甘美な快感と色々な気持ちが昂《たかぶ》って、はらりと涙が零れた。

＊＊＊

ある日、出勤すると、ランドルフ団長に大量の書物が届いていた。

至るところに書物が平積みにされており、執務机の周りは足の踏み場もない。

「な、なんですか⁉　これは」

「ああ。両親がいい加減、結婚しろと煩《うるさ》くてな。姿絵が大量に送られてきた」

ランドルフ団長が積まれた中の一冊を開き、そこに載った姿絵を隣から覗き込んで心がずきんと痛んだ。

こういうものを見ると、ランドルフ団長が次期侯爵であることを嫌でも実感してしまう。

「どこかの誰かが色よい返事をしてくれれば、万事解決するんだがな」

「っ！」

そう言うと、その後は姿絵を開きもせず別の場所へ退かしていく。

――私は、未だにランドルフ団長へ告白の返事をしていない。

告白の夜から二週間以上経ってるし……いい加減、結論を出さないといけないよね。

ランドルフ団長のことは、もう自分の気持ちを隠せないほどお慕いしている。

しかし貧乏男爵家の娘では、とんでもなく彼と釣り合わないと思うのだ。きっとランドルフ団長のためにも、私は身を引いたほうがいいはず……

そんな風にずるずると返事を待たせている私が、見合い話を持ちかけられているところを見て、心を痛める資格なんて全くない。

いい機会だ、しっかり彼に相談したほうがいいかもしれない。

――そう思って口を開きかけた時だった。

執務室の扉が勢いよく開いて、見知らぬ美女が金髪を靡《なび》かせて現れた。

「ランドルフ～～～!!」

まるで突風のように室内に駆け込み、ランドルフ団長に抱きつく。

ひと目で分かるほど、質のいいドレスをお召しになっている。

年若いが、きっと高貴な女性なのだろう。どこかで見たことがあるような気もするけれど。

「どうして、わざわざこちらへいらしたのですか」

「だって、だって、お父さまが意地悪言うんだもの。わたくしの婚約を勝手に決めて帰ってきたのよ!?」

「それはおめでとうございます」

「ちょっと！　ランドルフまで祝わないでよ！」

次期侯爵であるランドルフ団長が、丁寧な言葉遣いをしている。

あれ？　も、もしかして、このお方は……

ひゅっと息を呑んだ瞬間、半開きのままの執務室の扉がそーっと開いた。

「ミシェル殿下～!!」

そこから顔を覗かせたのは、ヴェラちゃんだった。

お仕事中のはずのヴェラちゃんがお迎えに来たということは……

――ひええ、やっぱりそうだ。

このお方は、デビュタントで遠目に拝見した、第一王女殿下であらせられる……!!

「何よ、ヴェラ。邪魔しないで！」

「第三騎士団長殿のご迷惑になりますから、早く戻りますよ」

おお、こんなに困っているヴェラちゃんは初めて見た。

ヴェラちゃんはああ言っているけれど、紅茶の準備でもしたほうがいいのかしら。そう思って準備をしに行こうとすると、衝撃的な言葉が聞こえてきた。

「イヤ!!　わたくしは、ランドルフと結婚するの～～!!」

驚きのあまり、一瞬足が止まってしまった。

しかし、ランドルフ団長がすかさず冷静な声色で返す。

「お断りします」

「なんでよ!?」

「ミシェル殿下も、ご自身のご結婚の重みはご存じでしょう。それに、私は既に王家に忠誠を誓っています。そんな私と婚姻しても、王家にとって、なんの旨味もないでしょう」

「もう！　少しくらい夢を見させてくれたっていいじゃない！」

私がハラハラして見守っていると、第一王女殿下がキッと目を吊り上げる。

「じゃあ、せめてわたくしの息のかかった令嬢とお見合いしなさい！　ランドルフはもう二十五歳なのだし、そろそろ身を固めるべきよ！」

「だから見合いをするつもりは……」

「大丈夫、わたくしに任せなさい！　では、決まったらまた来るわね」

ランドルフ団長の言葉に被せてそう言い残すと、これまた突風のように去っていった。ヴェラちゃんもそれを追いかけて出ていく。

第一王女殿下を見送って扉を閉めたランドルフ団長は額を押さえ、大きな溜息をついた。

「……お疲れさまでした」

「ああ。もう近衛騎士ではないのに、こんなところまで来られるとは。しかも縁談を持ち込まれそうだ。はぁ、どいつもこいつも急かしやがって……」

以前に近衛騎士をされていたというのは初耳だった。

話題が話題だけになんとも言えず沈黙を貫いていると、後ろから抱きつかれ、肩に顎を乗っけられた。

「少しだけこのままでいさせてくれ」

小さく頷くと、ぎゅうっと強く抱きしめられる。

私はランドルフ団長の腕の中で、どうかこの速い鼓動が聞こえませんようにと祈った。

＊　＊　＊

一日の勤務を終え、寮の自室。今日は久しぶりにヴェラちゃんの夜勤がない。

だから、今夜は周りの部屋に迷惑をかけない程度に宴なのだ！

「「かんぱーいっ‼」」

厨房の片隅を借りて作らせてもらった料理を摘みながら、とっておきの葡萄酒《ぶどう》を呑む。

あぁ、なんて贅沢なひと時だろう。

「しかし、ヴェラちゃんこの間は大変だったね」

先日、ミシェル第一王女殿下がランドルフ団長の執務室に突然やってきたことを思い出し、私は苦笑した。

「……ここだけの話なんだけど。殿下は私を名前で呼んでくださるし、とてもフレンドリーな方だけど、癇癪《かんしゃく》持ちなのよね」

「あはは……」

ヴェラちゃんがげっそりとした様子で溜息をつき、葡萄酒《ぶどう》を呑み干す。

「でもお可愛らしい方で、一人じゃ眠れないって呼ばれて添い寝をしたこともあるのよ。私は新人だから夜勤を押し付けら……任されることが多いけど、あのお方に仕えられて幸せだわ」

「ふふっ。ヴェラちゃんは頼りになるお姉さんみたいだもの」

しかし、ヴェラちゃんの夜勤が多かったのは、そういう事情もあったんだ。ご奉仕メイドも体力勝負なところがあるけど、王族に仕える侍女もなかなか大変そうだ。

「頼ってもらえるのは嬉しいけど、結構ハードな仕事なのよね……」

何かお仕事での辛いことを思い出したのか、ヴェラちゃんは少しくたびれた表情を浮かべている。

そんな悩ましい顔をしていても絵になるのが羨《うらや》ましい。デビュタントの時の着飾った姿も素敵だったなぁと思い返していたら、彼女に話したいことがあったのを思い出した。

「あ、そうだ。デビュタントで久しぶりにアーベル伯爵令息にご挨拶できてよかったわ！」

「こちらこそ。彼も、私と仲のいいエミリアに挨拶できたと喜んでいたわ」

「本当っ⁉　あの時はヴェラちゃんたちがすっごく仲良さそうで羨《うらや》ましくなっちゃった！」

「ありがとう。……ところで、デビュタントの時に遠くから見守っていたけど、第三騎士団長って、思ったよりずっとエミリアのことを大切にしているのね。しかもエミリア、顔真っ赤だったし！」

「あっ！　ちょうどいいタイミングでヴェラちゃんたちが来たのは、見守ってくれてたからなの⁉

ふふ、団長はものすごく尊敬できるお方よ」

「へえ。何かと恐れられているらしいけど、殿下も慕っているようだし、周りの評判は当てにならないわね」

ランドルフ団長は自慢の主だ。はじめはご奉仕メイドという仕事も知らずにいたけれど、今は彼にお仕えできたご縁が、何よりも幸せだと思えるくらいだ。

「そういえば、殿下が本当に団長のお見合い相手を検討していたわよ。自分の息のかかった人間と結婚させたいだなんて、よっぽど団長のことを気に入っているのね」

「へ、へえ……。そうなんだ」

第一王女殿下が用意した縁談ならば、きっと破談になることはないだろう。

恐らくお相手も高位貴族の方だろうし、私と一緒になるよりも上手くいくでしょうね……って、違う違う！　今夜はヴェラちゃんと積もる話をする会なのだから、ランドルフ団長のことで考え込むのはやめよう。

「……ねえ、エミリアは本当にいいの？　このままでは団長が婚姻してしまうかもしれないのよ」

ヴェラちゃんは長い付き合いだから、きっと私の気持ちにも薄々気がついているのだろう。

この場がじめじめした空気にならないように、私はあえてカラッと笑った。

「もちろん素敵なお方だけど、だからこそ私よりもっといい家柄の……次期侯爵となる彼の利益になるような人と、婚姻したほうがいいんじゃないかなぁって……」

「え？　そんなこと気にしてたの？　身分差があっても貴族同士であれば恋愛結婚する人が増えてきているのだから、何も問題はないんじゃない？　エミリアは考え方が古すぎないかしら」

……そう、なのだろうか。ランドルフ団長と私が一緒になる未来が、本当に存在する？

しかし貧乏男爵家の田舎娘が、由緒正しいリンデンベルク侯爵家の次期夫人になんて、やっぱり難しいのではないだろうか。

もちろんレッツェル男爵家のことは大好きで、不必要に貶《おとし》める気はないけれど、ほぼ平民と変わらない暮らしをしているのは事実だ。今まで我が家と爵位違いで縁続きになったことがあるのは伯爵まで、それも随分昔の話だし……

考え込む私に、ヴェラちゃんがキッと眉を吊り上げた。

「エミリアのまっすぐな性格は可愛くて大好きだけど、ウジウジ考えすぎて真逆の方向に突っ走ることもあるから、幼馴染としてはそこが心配だわ。第一、身持ちが堅かったエミリアが処女を捧げたのだから、もう結婚よ、結婚！　今すぐ結婚したらいいわ！　あ、そうよ。なんなら今すぐ殿下のところに行って直談判してこようかしら！」

「えっ!?　……ヴェラちゃん酔ってる？」

「酔ってないらよ」

——あ、これは酔っているな……

酔っ払ったヴェラちゃんが殿下のもとへ行こうとするのを、私も同じく軽くお酒の回った状態で必死の思いで止めた。そして、今度こそヴェラちゃんの恋愛話で盛り上がり、楽しいひと時はあっという間に過ぎていった。

＊　＊　＊

ガチャンと大きな音を立てて、執務室の扉が開けられた。

「ランドルフ～～!!　見合い相手を見繕《みつくろ》ってきたわよ～～!!」

ド派手に登場したのは、ミシェル第一王女殿下である。

その後ろには、小さく私に手を振るヴェラちゃんと、護衛の近衛騎士の姿が見えた。

ランドルフ団長が頭を抱えつつ、冷静に言葉を投げかける。

「ミシェル殿下。貴女《あなた》は隣国の皇太子との婚姻準備で忙しいのでは？　私のことでミシェル殿下のお手を煩《わずら》わせる必要はないと、再三申し上げましたが」

「遠慮する必要はないと、わたくしからも再三伝えたけど。とにかくこれを受け取りなさい。日取りはこの書類に書いてあるわ！」

身を縮めたヴェラちゃんが書類を執務机に置くと、第一王女殿下が自信満々に腕を組んで素晴らしい笑顔を見せる。そしてその正面で書類には見向きもせず第一王女殿下を見据えるランドルフ隊長という図は、とにかく迫力があった。

「お断りします」

「ちょっと、何言っているの？　わたくしが嫁ぐ前にちゃんと婚約して、安心させてちょうだい。じゃあ、わたくしはランドルフの言う通り忙しいから、戻るわね！」

前回同様、嵐のように去っていくのね……と思いながらカーテシーをしていると、視界に華やかなドレスの裾が入り込み、そこで止まった。あれ、この感じ、すごくデジャブなのだけど⁉

「あら？　貴女《あなた》は確か、この間のデビュタントでお兄さまと一緒に踊っていた方？　面《おもて》を上げてもよろしくってよ」

ああ、やっぱり……。私に話しかけてくださっているんだわ……

恐る恐る頭を上げると、第一王女殿下が私の顔をじっくり見ていた。

「第一王女殿下にご挨拶いたします。ランドルフ第三騎士団長のご奉仕メイドを勤めております、エミリア・レッツェルと申します」

「ふうん、貴女《あなた》が。髪と瞳の色が地味だけど、顔は可愛いじゃない。貴女《あなた》、ランドルフが結婚しても、特別に仕事を続けてもいいわよ」

「恐れ入ります」

そう言うと、第一王女殿下は興味を失ったのか、ヴェラちゃんと護衛騎士を引き連れて執務室を出ていった。

ランドルフ団長が大きな溜息をつく。

「……今回もお疲れさまでした」

「ああ。エミリアもな」

本当に嵐のようなお方だったなぁ……

私が立ち尽くしていると、ぼふっとランドルフ団長の広い胸に抱かれる。

「流石《さすが》に、もう疲れた……」

ランドルフ団長は、ほとほと疲れ果てているようだ。

珍しく弱音を吐く姿に、不謹慎にも少しきゅんとしてしまう。

「俺を癒《いや》してくれ」

耳元で縋《すが》るような小さな声で囁《ささや》かれる。

私は応じるようにキスをした。


ぱちゅんぱちゅんと、淫猥な水音が執務室に響く。

私はランドルフ団長がいつも仕事している机に手をついて、後ろからくる甘く鋭い衝撃を必死に受け止めていた。

「……あっ、だめ、すごい、ひああっ」

まるで獣のように背後から立ったまま交じわる体勢は、いつもより深いところまで届く。

「やあぁん……っ！　っ、そんなに、したら……っ！」

すっかりランドルフ団長の形に馴染んだ蜜壺は、浅いところだけじゃなく、最奥でも感じるようになってしまった。だからもう、どこを突かれても善《よ》がってしまう。

腰を掴まれると先端が子宮口にぐりゅっと当たる。気持ちよすぎて失神してしまいそう。

「んあっ、あああ、っ奥が、ダメぇ……」

「じゃあ、浅いところを突いてやろうか？」

背後でランドルフ団長が意地悪くそう言い、激しかった抽挿が急停止する。そして焦れったいほどゆっくりと腰を引かれて、エラの張ったカリ首が、中の浅い気持ちいいところに引っかかった。

速度を落として浅いところを入念に擦《こす》られると、激しい抽挿とはまた違った気持ちよさに溺れる。

「ああっ。そこばっかり……」

けれども奥の気持ちよさも知っている私は、彼を全て奥の奥までぴったり呑み込んでしまいたいと、ぎゅうぎゅう締めつけながら切実に訴えた。

「っ、だんちょう、奥までくださいぃ……!!」

ランドルフ団長の顔を見たくて後ろを振り返ると、ふいに涙がぽろりと零れた。

「すまない、泣かせるつもりはなかった」

「ひゃっ」

ランドルフ団長は挿入したまま私の腰を持ち上げて、くるんと仰向けにひっくり返す。そっと机の上に乗せられて、背中がひんやりとした。

「ん、んんぅ……」

そして抱きしめられて、噛み付くようなキスに襲われる。

とろとろに溶かされて、いつの日か、本当に食べられてしまいそうだ。

「動くぞ。奥までくれてやる」

唇をぺろりと舐められて、抽挿が再開した。

「ひあっ！　あ、あ、きもちいい……っ！」

あぁ、奥まで届いて、浅いところも全部全部ぞくぞくするほど気持ちいい。

「もっと溺れろ」

そんなことを言われたら、どんどん快楽の虜《とりこ》になってしまう。

同時に、ランドルフ団長自身への恋心も日々大きくなっていく。

せっかく告白してくださったのに、未だ答えを出せない優柔不断な自分にがっかりする。

――このまま何も考えずに受け入れてしまえばいいんじゃない？

もう一人の自分の悪い囁《ささや》きに、彼からの甘い痺《しび》れも相まって、また涙の粒がたくさん零れ落ちた。

しかし何度考えても、分不相応な私と一緒になったら迷惑をかけてしまいそうで……

――好きだからこそ、このお方に迷惑をかけるなんて絶対嫌。

私よりもずっと高貴で、ランドルフ団長にふさわしい女性がいるはずだ。そう思っているのに。

いざお見合いの話が進むところを傍で見ていると、心が苦しくて仕方がなかった。

今はまだこのままでいたいなんて、私はずるいだろうか。

……私は、ひたすら与えられる快楽に身を委《ゆだ》ねながら、たくさん喘《あえ》いだ。

＊＊＊

朝、カーテンを開けると曇り空だった。

なんとなくいつもより早く目覚めたので、走り込みでもしようと寮を出る。

しかし早朝にもかかわらず、たくさんの人が慌ただしそうに城内を行きかっていた。

どうしたのだろうと、通りかかった顔見知りのメイドに尋ねると、驚きの答えが返ってきた。

「王国管理下のバルツァー領で、強い魔物が発生したみたいなの」

「え、うそっ⁉」

「本当よ。怖いわよね」

お礼を言って、急いで寮に戻り、メイド服に着替える。

魔物が出たということは、第三騎士団所属のランドルフ団長もお仕事で忙しくなるはずだ。

定期的な討伐を繰り返すことで、最近は魔物が少なくなってきていたはずなのに……

ランドルフ団長をサポートして差し上げたいと思い、執務室へ向かう足を速めた。


ランドルフ団長の執務室に入ると、彼は荷造りを開始していた。

「おはようございます」

「エミリアか」


──ああ、やはり遠征に行かれるのだわ。

「聞いたと思うが、討伐レベルS級の魔物が出た。大昔にもこの王国に現れたヒュドラという強い魔物だ。まずは第三騎士団が先に現地入りすることになった」

ヒュドラは頭がたくさんある魔物だと、辺境伯軍に出入りしていた時に図鑑で読んだことがある。

首を落としても繰り返し再生し、その血には致死率が高い毒があるという。

「あの、私も行きます！」

「駄目だ」

「っなんでですか⁉」

命の危機に直面すると、魔力が暴走する可能性がある。

そのため、魔物討伐にはご奉仕メイドを連れていくことが多いと、教本には書いてあった。

——なのに、どうして？

「俺がお前を好きだから、連れていきたくない」

胸がぎゅっと切なくなる。ランドルフ団長の真剣な眼差しが今ばかりは辛い。

鼻の奥がツンとしたと思うと、涙が込み上げて視界が滲《にじ》む。

「でもっ」

「お前が野営すると思うと、色々心配で仕事が儘《まま》ならない。それに、エミリアがここにいてくれれば、何があっても王都に帰るという強い意志を持てるんだ」

「……っ」

そんなこと言われたら、絶対についていけないじゃない。

——だけど。

もし魔物の血がランドルフ団長にかかったら？

もし噛まれてしまったら、どうなるの？

もし、他のご奉仕メイドと交わることになったら……？

……あぁ嫌だ。頭の中で思考がぐるぐると回っておかしくなりそうだ。

俯《うつむ》いていると突然、逞《たくま》しい腕にきつく抱きしめられた。

そして安心させるような、柔らかい声が紡《つむ》がれる。

「エミリア、大丈夫だ。心配することは何もない。俺が鍛え上げた第三騎士団は相当強いからな。もちろん他の女は抱かないし、必ず帰ってくる。だから、帰ってきたら返事を聞かせろ」

私は、ランドルフ団長の分厚い胸に顔を埋めて、何度も頷いた。

でも……せっかく無事に帰ってきても、ランドルフ団長の告白を断ることになるかもしれない。

そう考えたら、瞬きをした瞬間、堪《こら》えていた涙が一筋流れていった。

私たちは、ヨーゼフ副団長が来るまで、しばらく抱きしめ合っていた。

＊＊＊

ランドルフ団長率いる第三騎士団は第一陣として、その日のお昼、バルツァー領に向けて出発した。

その後、第二騎士団や貴族家の私兵団が派遣されるようだ。

心の整理がつかぬまま、あっという間に、出発してしまった。ぽっかり空いた心の隙間がひどく苦しいが、ボーッとしている暇などない。

指示を仰ぐため、騎士団メイド長のシンシアさんのもとへ行くと、室内には第三騎士団のメイドたちが集まっていた。

緊急事態に皆ざわめいているけれど、シンシアさんが戻られると、途端に静かになる。

「皆お疲れさま。今後の身の振り方はこれから会議で決めるの。だからまずはこの紙に自分の名前と所属を書いて、指示を待ってね」

無言のまま、紙が置かれた机の前に綺麗に列ができる。私もそれに並ぼうとして、肩を叩かれた。

「エミリアちゃんはもう行き先が決まっているから、並ばなくてもいいわ」

「えっ？」

「婚姻準備で忙しい第一王女殿下の侍女を、臨時で勤めてほしいの」

——第一王女殿下って、ミシェル殿下っ⁉

わずかに口元が強張るが、すぐに表情を取り繕《つくろ》う。

それを不安に感じていると解釈したのか、シンシアさんは綺麗な笑顔で励ましてくださった。

「元々、ランドルフ団長のところで侍女の業務と変わらない仕事をしていたのだから、きっと上手くやれるわ。エミリアちゃんなら大丈夫よ」

「ありがとうございます」

まさか私が、あの嵐のようなミシェル殿下のもとで働くことになるなんて。

とはいえ臨時でも、王族の侍女になるという夢が叶ってしまった。今回の仕事は貴重な経験となるだろう。

ランドルフ団長のことは心配だけど、彼が戻った時に成長した姿を見せられるよう、精一杯頑張ろう！

＊　＊　＊

ランドルフ団長が遠征に出発した次の日から、私は侍女としてミシェル第一王女殿下につくことになった。数日が経った今も、メイド服より装飾の多い侍女服を着ている自分の姿に慣れない。

早速ミシェル殿下に紹介していただくと、私のことを覚えていてくださっているようだった。

『貴女《あなた》が臨時の侍女だったのね。エミリア、少しの間だけど期待しているわ』

『覚えていてくださって、大変光栄にございます。精一杯お仕えいたします』

『そんな堅苦しい言葉遣いはよしてちょうだい。肩が凝《こ》るわ』

『……分かりました』

ミシェル殿下は、ヴェラちゃんが言う通り確かに癇癪《かんしゃく》持ちだったが、とても親しみやすい愛らしいお方だった。

私は新人ということで、ヴェラちゃんと一緒に夜勤を担当することが多い。ヴェラちゃんに教えてもらいながら、ミシェル殿下の身の回りのお世話をしている。

そんなある日の夜。ヴェラちゃんと共に、ミシェル殿下にご就寝前のナイトティーの銘柄を伺いに行くと、驚きの提案をされた。

「ねえ、わたくし小腹が減っちゃったわ。三人でこっそり内緒のお茶会をしない？」

「ええっ！　私どもがミシェル殿下とご同席するわけには参りません」

「何よ、ヴェラ。わたくしと一緒にお茶を飲めないって言うの？　それに貴女《あなた》たち仲がいいのでしょう？　わたくしもエミリアともっと話してみたいわ」

「私と話したいだなんて、ありがとうございます。それでは厨房からいただいて参りますね」

「うふふ、あま～いジャムの入ったクッキーをたくさん持ってくるのよ」

このようにミシェル殿下が命令口調で言うことは、大抵可愛らしいものなのだ。そういう愛らしいところが、皆に慕われる理由なのだろうなと思う。

そうして私とヴェラちゃんが準備に走り、ミシェル殿下の部屋で真夜中のお茶会が始まった。

「今宵は、無礼講よ！　わたくしのことを殿下って呼んだら許さないんだから！」

「はい、ミシェルさまの仰せの通りに」

くすくすと笑いながら、眠るのに差し支えないハーブティーを淹れて、クッキーを摘む。

話題はもっぱら恋愛の話だ。ミシェル殿下は相当面倒見がいい主なようで、なんと自分がこの王国を離れるにあたって、婚約者のいない侍女にいい縁談を持ってきていたのだ。

「わたくしがまだ王国にいるうちに、エミリアの縁談もまとめてあげられたらいいのだけど」

「お気遣いありがとうございます。しかし私は、これからもお仕事を頑張りたいと思っておりまして、まだまだランドルフ団長にお仕えしたいのです。だから今は結婚をするつもりがなく……」

「そうだったの！　ランドルフは心根が優しくていい男だものね。エミリアは見る目があるわ。ヴェラもそう思うでしょう？」

「はい。デビュタントの時に、エミリアと第三騎士団長殿が話しているところをお見かけしましたが、終始優しげな眼差しでいらっしゃいましたから」

「まぁ！　ランドルフが優しげに⁉　珍しいこともあるのね。エミリアをご奉仕メイドとしてとても大切にしているのかしら？」

思わぬ話題に、ダメだと分かっていても顔が熱くなってしまう。

「あら？　エミリア、貴女《あなた》もしかして……」

「まさか、恐れ多いことです！」

どうにか赤面しているのを誤魔化したくて、ハーブティーに手を伸ばす。

王族御用達のハーブティーは香り豊かで上品な味がした。

＊　＊　＊

ミシェル殿下と、すっかり打ち解けた頃。

ランドルフ団長がバルツァー領に向かってから一ヶ月が経った。

バルツァー領まで、馬を走らせておおよそ三週間ほどかかる。今頃は、できたばかりの拠点で作戦会議をして、そろそろ魔物ヒュドラとの戦闘を開始する時期だろうか。

時折入ってくる情報に耳を傾ける毎日。心配であまり眠れないほどだ。

ランドルフ団長は指揮官だから、実戦には出ないと思うけれど。

それでも第三騎士団の皆とは挨拶をする仲だし、少しでも死傷者が出ないでほしい。

ランドルフ団長が発ってからは毎朝、王宮の裏にある礼拝堂の女神像の前に跪《ひざまず》いて手を合わせ、祈りを捧げている。

――ランドルフ団長や皆さんが、一人も欠けることもなく、全員無事に帰ってこられますように。

祈りを終えて礼拝堂を出ようとすると、視界の隅で綺麗な金髪が揺れた。

「あら、エミリアじゃない」

「ミシェル殿下、おはようございます。お一人で来られたのですか？」

「ええ、皆忙しいから。あ、そうだ！　エミリアにずっと聞きたいことがあったのよ。この後、時間をもらえるかしら」

「はい。もちろんです」

私が頷くと、ミシェル殿下が女神像の前に進み出て、まるでお手本のような作法で拝礼をされる。

天井のステンドグラスが太陽を透かしてミシェル殿下をキラキラと照らす。そのあまりの美しさに、思わず感嘆の息が漏れた。

礼拝堂近くのガゼボにあるベンチに向かうと、隣に座るよう言われ、躊躇《ためら》いながら腰掛ける。

この前の真夜中のお茶会の時も同じテーブルを囲んだけど、いつもはミシェル殿下の後ろに控えているから、なんだか落ち着かない。

そわそわしながらミシェル殿下が口を開くのを待っていると、想定外のことを聞かれた。

「あのね、単刀直入だけど、閨《ねや》のことを聞きたくて。初めてはやっぱり痛かった？」

「はい。それはもう、痛かったです」

「やっぱりそうよね。わたくし、来月にはこの国を出るじゃない？　婚姻したら世継ぎを産むのが仕事だけど、まだ行為をするのが怖いのよ」

ミシェル殿下がしおらしく項垂《うなだ》れている。

そのお姿はいつもの快活なものとは違って儚《はかな》げで、どうにか元気付けたいと思った。

「し、しかしですね！　痛かったけど、最終的には蕩《とろ》けてしまいそうなほど気持ちよかったですよ。だからきっとミシェル殿下も大丈夫です」

「……そうかしら」

「ええ、もちろんです。ミシェル殿下は大変魅力的な女性ですから、きっと未来の旦那さまも大切にしてくださるはずです」

私が自信満々にそう告げると、ふふっと上品に笑ってくださった。

少しの沈黙の後、ミシェル殿下が再び口を開く。

「ねえ。エミリアは、ランドルフが初めての人だったのよね？」

「はい」

「……いいなぁ」

――えっ？

思いも寄らない言葉に慌てて見返すと、ミシェル殿下は切なげに空を見上げていた。

「ランドルフと出会ったのは、ちょうどこんな曇った日だったわ。わたくしは子どもの頃、誘拐されそうになったことがあったの。それを、たまたま通りかかったランドルフが、あっという間にやっつけて。……あれは確かに、わたくしの初恋だった」

「そんな大変なことが……」

――だから婚約が決まった時、ランドルフ団長と結婚すると言ったり、お見合いをセッティングしようとしたりしていらっしゃったのか。

すると、長い睫毛《まつげ》に縁取られた碧眼《へきがん》が、突然こちらを覗き込む。

「だから、エミリアが羨《うらや》ましいわ！　羨《うらや》ましい！　羨《うらや》ましすぎる！　私の立場ではね、お父さまに頼み込んで無理矢理、期間限定の近衛騎士になってもらうのが精一杯だったもの」

「……ミシェル殿下」

そして、ランドルフにとっては不本意だったでしょうけどね、と小さく続けた。

ところが次の瞬間、彼女の目がキッと吊り上がる。

「ねえ、エミリア。貴女《あなた》、ランドルフが好きなのでしょう？」

核心をつく言葉に、私の心臓が大きく跳ねた。

今この状況でこのお方に嘘をつくのはあまりに不誠実だと思い、ぽつりぽつりと想いを紡《つむ》ぐ。

「……はい。ですが、私は、持参金も用意できない、貧乏男爵家の娘なので……」

「は？　何を言っているの？　お金のことくらいどうにでもなるでしょう。わたくしの状況と比べてごらんなさい」

「……っ」

「しっかりなさい！　貴女《あなた》にならランドルフをあげてもいいと思っていたけど、腑抜けたことを言うと、わたくしが前に見繕《みつくろ》った縁談を押し通すわよ。後悔しても知らないんだから！」

縁談を押し通す？　ランドルフ団長が帰ってきたら、高貴な令嬢がお隣に立って、私はご奉仕メイドとして呼ばれなくなる？

あの意地悪な笑顔や、優しい手つき。剣だこのある指。心地いい体温。ウッディな香り。

全部全部、独り占めできなくなる？

「そんなのは嫌です！　私が我慢すれば迷惑がかからないと思ったけど、やっぱり耐えられない！

ランドルフ団長を幸せにできるのは、この私です！」

ついベンチから立ち上がり、声高らかに宣言する。

——そうだ、やっと気がついた。何を我慢していたんだ、私は。

気持ちを押し殺すなんて、ちっとも私らしくない選択だった。

答えはシンプルじゃないか。

——どれだけ迷惑をかけても、その分ランドルフ団長を幸せにすればいい話だ。

「よく言ったわ！　流石《さすが》わたくしの侍女ね！　ランドルフが帰ってきたら、一番に想いを告げるのよ。いいわね」

ミシェル殿下も立ち上がり、腰に手を当てて私を指差す。

「——はいっ!!」

私は決意を込めて大きく返事をした。

……元気付けるつもりが、逆に気合を入れてもらってしまった。

流石《さすが》、この国の第一王女殿下であらせられるお方。

次の日の朝、ミシェル殿下の想いを受け継ぐことを、女神さまに誓った。

# 幕間　魔物ヒュドラ討伐

――これまで数えきれないほどの戦いに参加してきたが、ここまで王都を離れたくないと思ったことはなかった。

第三騎士団がいち早くバルツァー領に到着して、一週間が経った。

討伐レベルS級の魔物、ヒュドラが発生した山の麓《ふもと》に一日がかりで拠点を作り、現在はそこで討伐作戦を練っている。

夜は軍幕で寝る。目を閉じると、獣の足音、鷲《わし》に狩られる小動物の断末魔が脳内に響き続けた。野生の音が煩《うるさ》くて、昔から野営中はあまり眠れない性質だ。

それでも、エミリアがいてくれたらすぐに熟睡できるだろう。あの子どもみたいに少し高い体温を懐かしく思う自分に苦笑する。

強面《こわもて》で体格もいかつく、顔に表情も出づらい俺は、何もしていなくても女に怖がられてきた。

加えて、俺のモノは平均よりでかいらしく、閨事《ねやごと》ではなおさらだった。戦地で興奮が収まらない時は、随行するご奉仕メイドに相手をしてもらっていたが、全部は挿入《はい》らないよう、手を添えて対応されていた。この大きすぎるモノに絶叫されて萎《な》えたこともあった。

まぁそれ以前は自己処理でなんとかなっていたから、ご奉仕メイドがいなくても問題はなかった。

だがしかし、エミリアに出会ってしまった。

ふわふわしたベージュブラウンの髪に、愛らしいヘーゼルナッツの瞳。小動物のように大人しそうな、庇護欲を掻き立てる顔。

騎士団メイド長のシンシアに言われた通り、エミリアは俺の好みすぎて、初対面から目を奪われた。

そしてエミリアを知るたびに、その気持ちは大きくなっていった。

実は落ち着きがなく、大胆な性格。加えて気丈で世話焼きで、いじめて汚したくなるほど健気《けなげ》で可愛い。まるで天使のように俺を受け入れ、俺相手にも乱れて感じ入ってくれるエミリア。

一度は諦めようとしたが、任務遂行にこだわる彼女に煽《あお》りに煽《あお》られて、理性に勝てず手を出してしまった。

表情がくるくる変わる、眩しい彼女を自分だけのものにしたい。

エミリアのことを考えているだけで、モノがそそり立ってくる。

——重症だな。

本当は今回の遠征にも連れてきたかったが、戦闘で昂《たかぶ》った騎士たちがエミリアに手を出す可能性を考えたら、同伴の許可も出せまい。あいつは俺だけが触れていい極上の女。

早く王都へ帰って、エミリアをいじめて、啼《な》かせて、どこかに閉じ込めてしまいたいほどだ。

＊　＊　＊

「ランドルフ団長、おはようございます！　そろそろ会議の時間なので、呼びに来ました！」

副団長ヨーゼフの声で意識が浮上する。結局昨夜はあまり眠れなかった。

「ああ」

急いで身なりを整え、会議用の軍幕へ大股で向かう。軍幕に入ると、魔物討伐会議が始まった。


これからの会議で、対ヒュドラの作戦を大方決めていく。

ヒュドラが最後にこの国に現れた六十年前の報告書によると、奴には九つの首があるらしい。首を切ってもすぐに再生し、その血には致死性の高い毒が含まれる。

当時は入念な作戦が練られておらず、討伐するのに一週間も時間を要したようだ。更に、被害は甚大《じんだい》で、ヒュドラの毒血を被った騎士の死傷者が多く、加えて山から下りてきて暴れに暴れられて、村が一つ崩壊してなくなるほどだった。

討伐作戦が始まり数日経った頃、魔術師が火炎魔法で傷口を燃やすと首が再生しなくなることに気が付いて、ようやっと倒せたのだという。

今回は近隣の村に被害が出る前に討伐しなければならない。

村には避難指示を出し、応援が到着し次第、早急に討伐を開始する必要がある。

騎士たちにも死傷者を出さないよう指揮しなくては。討伐レベルS級の魔物は魔力が多く、その特徴が変異しやすい。例えば同じS級魔物であるドラゴンは炎を噴くことで有名であるが、変異し氷を噴く個体も存在する。

ヒュドラの変異例の記録は残されていないが、慎重に対応しなければならない。

そして会議の結果、作戦は次のようになった。
・後衛の魔道師がヒュドラの脚を凍らせる
・動きが鈍る隙に、騎士が首を切り落とす
・すぐに切り口を炎で焼いてみる
貴重な宮廷魔道師は二人、遠征についてきてくれている。彼らには、できれば攻撃魔法よりも治癒魔法を使ってもらいたい。足止めは魔道師の魔法でないと難しいが、首を落として焼くのは騎士でもできる。

今回の任務では、山を焼かないようにもしなければならないため、騎士たち一人一人が細心の注意を払う必要がある。長期戦になると集中力が切れやすく山火事のリスクが高くなるため、できるだけ短期決戦で終わらせたいところだ。

他に弓で弱らせる案も出たが、下手に毒血を撒《ま》き散らすのは得策ではないということで却下だ。

また、第一陣としてやってきた我々は対ヒュドラ用の毒消しを持っていないため、現在、医療部隊が王国中から掻き集めている。応援部隊の到着と共に届く手はずだ。

今日はとにかく、首を焼くのに使う松明を大量に準備する、ということで満場一致となった。

＊　＊　＊

昼過ぎ。嫌な地鳴りが響き渡った。

「大変です！　ヒュドラが山を下りてきました！　こちらに向かっています！」

「なんだと」

一度退避して仕切り直すか。

しかしこの先には村がある。まだ避難が完了したとの報告は上がっていない。

準備不足は否めないが、ここで迎え撃つしかない……

――そして戦闘が始まった。

ヒュドラは木々を遥かに超える、信じられない大きさだった。もはや王城よりも巨大かもしれない。

ここまで大型の魔物は今まで見たことがない。

臆《おく》して後ずさる者もいたものの、皆勇敢に立ち向かおうと己を奮い立たせている。

まずは作戦通りに宮廷魔道師の一人が凄まじい氷魔法を放ち、瞬く間にヒュドラの脚、そして尻尾までを氷漬けにした。

「今だ！　行け！」

順調に騎士が一つの首を刎《は》ね飛ばすのと同時に、ドス黒い血飛沫《ちしぶき》が散る。

そして、猛毒の血を浴びないよう避けつつ、別の騎士が松明で切断部分を焼く。

作戦の様子を見るために騎士たちが一時退避する中、残った八つの口から鼓膜が破れそうなほどおぞましい叫び声が放たれた。

焼かれた首が痛いのか、攻撃を喰らって苛立っているのか。

そのまま数分が経ったが、奴は叫びながら胴体や首を振り回すだけで、焼いた首は再生しない。

「作戦は成功だ！　首は再生しない、どんどんかかれーーッ!!」

第三騎士団長として唸《うな》るように叫ぶと、騎士たちがそれに応えるように雄叫《おたけ》びを上げてヒュドラに向かっていく。

首は二つ、三つと順調に落とされ、松明の炎で焼かれていく。

騎士たちが四つ目に取り掛かっていた時、ふいにパキリと音が鳴った。次の瞬間には、地面とヒュドラを繋ぐ氷に大きなヒビが入り、音を立てて割れ始める。

魔道師が呪文を唱え直すが——間に合わない。

「危ない！」

咄嗟にヒュドラの足元に取り残されていた騎士に駆け寄り、全力で押し飛ばす。

その瞬間、左肩にどろりとしたものが落ちてきた。ヒュドラの血だ。

それが騎士服を溶かし、皮膚まで到達するのはすぐのことだった。

「団長ッ⁉」

目を見開いてうろたえる騎士に舌打ちする間もなく、俺は叫んだ。

「足が凍り固まるまで退避！」

なんとか駆け足で大きな岩の陰に隠れる。肩が焼けるように熱い。歯を食いしばって耐える。

指揮官が倒れては軍の士気が下がる。それだけは避けたい。

他にヒュドラの血に触れた者はいないようだから、遠慮なく毒消しを口に流し込んだ。対ヒュドラ用のものではないが、ないよりはいいだろう。

嫌な汗がどんどん噴き出るが、なんでもない顔をして後方に戻る。

「ランドルフ団長大丈夫ですか⁉」

「騒ぐなヨーゼフ。もう毒消しは飲んだ」

「ですが……」

ヨーゼフを黙らせ、痛む肩に水をかけた。

魔道師がこちらに駆け寄ってくるが、手を出される前に制止する。ヒュドラを倒すまで、無駄な魔力を使わせたくない。

後方で見守る間に状況は持ち返し、なんとか九つ目の首を落として切断部分を焼く。

全ての首を失ったヒュドラは氷漬けにされた脚でしばらく棒立ちした後、横に大きく傾いで倒れた。その衝撃で周囲に土煙が舞い、木々がなぎ倒された。

援軍を待たず、ヒュドラを倒せたことに安堵《あんど》する。厄介《やっかい》な変異種でなくてよかった。

それと同時に――どうやら限界が来たようだった。

視界が真っ白になって、身体が崩れ落ちる。

最後に頭に思い浮かんだのは、エミリアの笑顔だった。

# 第六章　私は貴方《あなた》さまの味方です！

ヒュドラが無事に倒されたとの早馬の知らせを聞き、城内が沸き上がってから数日が経った。幸いにも死者は出ていないそうだが、怪我人はわずかに出たようだ。

私は、ランドルフ団長の無事を心から祈った。


ミシェル殿下のお好きな紅茶の準備をしていると、何故か非番のはずのヴェラちゃんが、侍女服姿で駆け込んできた。

「エミリア！　遠征から騎士団が帰ってきたって！」

「え、本当っ⁉」

「もちろん！　早く行ってきなさい。ミシェル殿下には上手く言っておくから」

「うん！　本当にありがとう！」

――ああ、こうして移動している時間も惜しい。

階段の手すりに勢いよく飛び乗り、滑り下りる。すれ違う人たちにびっくりされたけれど、元気よく謝った。しゅたっと着地して、また駆ける、駆ける。

——ランドルフ団長に早く会いたい！

ミシェル殿下に勇気をもらって、帰ってきたら一番に告白するって決めていたのだから。

無敵の気分で走っていたら、とんでもなく早く第三騎士団長執務室に到着した。

ノックをして扉に手をかけるが、残念ながら鍵がかかっていた。

「流石《さすが》にまだここへは帰ってきていないか……」

懐《ふところ》から支給の合鍵を取り出し、しばらく待たせてもらおうと中に入る。

ランドルフ団長が遠征に出てから二ケ月間、欠かさず週に一回は掃除をしに来ていたけれど、やけに久しぶりに入ったような感覚に陥《おちい》った。

これから久しぶりにお会いできると思うと、心臓がドキドキする——


「うぅ、全然帰ってこない……」

執務室に待機して二時間が経過したが、ランドルフ団長はまだいらっしゃらない。

手続きとか色々あって時間がかかるのかなと項垂《うなだ》れた時、執務室の扉がガチャリと開いた。

「ランドルフ団長っ!!」

ひと通り掃除も終えてしまってソファに座り込んでいた私は、咄嗟に待ち望んだ人の名前を呼びながら立ち上がり、扉を振り返る。

「あれ？　エミリアちゃん？」

けれど、そこにいたのは、目を丸くしたヨーゼフ副団長だった。

「あ、ヨーゼフ副団長……。驚かせて申し訳ありません」

「大丈夫だけど、それより大変なんだ！　ランドルフ団長が……」

――ランドルフ団長が、ヒュドラの毒血を被った。

それを聞いて、頭が真っ白になった。


ヨーゼフ副団長は、執務室にランドルフ団長の荷物を置きに来たみたいだ。

呆然としながらも、それを手伝い、一緒に医務棟に向かう。

出入り口には、第三騎士団所属の騎士さまが控えていた。

中に通していただくと、豪華な個室の広いベッドでランドルフ団長が眠っている。

あまりにも顔色が悪くて一瞬呼吸が止まったけれど、寝息が聞こえてわずかに安堵《あんど》した。

しかし、掛け布団から覗く首から肩にかけて包帯が巻かれていて、見た目はとても痛々しい。

――どうしてなの。どうして、ランドルフ団長がこんな目に……？

「部下を庇《かば》ったんだ。後衛にいたのに、ヒュドラの足元まで駆け寄って」

「……っ」

「それで左肩に毒血をかぶった。すぐに毒消しを飲んだけど汎用のものだから、どこまで効いているか分からない。ヒュドラを討った直後に倒れられたんだ」

「っ、そんな……！」

——ランドルフ団長らしい、お怪我の原因……

いつの間にか溜まっていた涙が溢れ、頬を一筋流れた。

「医療部隊が手当てをして、魔道師にも治癒魔法をかけてもらったけど、一度も意識が戻らない」

「……詳しく教えてくださって、ありがとうございます」

「いいや。ただこれは機密情報だから、誰にも言わないでほしいんだ。ランドルフ団長が目を覚まさないなんて情報が漏れたら、他国に攻め入られるかもしれないからね」

「っ⁉」

そうだ。優しいランドルフ団長ばかり見て忘れていたけれど、他国では『斬首の執行人』なんて呼ばれて恐れられていると聞いた。そんな彼が意識不明とは、知られてはいけないのだろう。

「承知しました。……私に、ランドルフ団長のお世話をさせていただけませんか？」

「もちろん。エミリアちゃんに看病をお願いしようと思っていたところだ」

「ありがとうございます」

こうして、私はミシェル殿下の臨時の侍女から、ランドルフ団長のご奉仕メイドのお仕事に戻った。

＊　＊　＊

ランドルフ団長が帰還して、一週間が経った。

医務棟の出入り口には相変わらず第三騎士団の騎士さまが控えていて、警備体制は万全だ。

入院しているのは内密になっているけれど、ランドルフ団長のもとには随時、関係者からお見舞いの品が届く。大量のお花や高級なお茶、日持ちする菓子折りなど、盛りだくさんだ。

「早く起きてくださいね。皆さん団長のことを待っていますよ」

治療師の方が定期的に診に来てくださるものの、なかなか目を覚まさない。

包帯は毒血によって負った火傷《やけど》のためのもので、その怪我自体は治療魔法で治っているため、もういつ起きてもおかしくないらしいのだけど……

一番の懸念は、ヒュドラの毒血がどんな後遺症をもたらすか分からないことだと聞いた。

とにかく、私にできることは、団長のお身体を拭いたりといった身の回りのお手伝いくらいだ。

それでも、何か異変があった時に気づけるよう、病室の隣に併設されている使用人室に泊まり込んで看病をしている。

眠り続けるランドルフ団長の手をそっと握り、指を絡める。

——どうか、どうか。ランドルフ団長が、無事に意識を取り戻しますように。

＊　＊　＊

「しかし、ランドルフ団長は一向に目を覚ましませんね。あ！　エミリアちゃんがキスでもしたら流石《さすが》に起きるんじゃないかな！」

「あはは、そんなおとぎ話みたいなことが起こるわけないですよー」

ヨーゼフ副団長は、団長業務を代行しているにもかかわらず、こうして一日一回はお見舞いにいらっしゃる。

一日中眠っているランドルフ団長と一緒にいる私にとっては、人と話す貴重な機会だ。

「しかし、あのランドルフ団長を健気《けなげ》に看病してくれる女の子が現れるなんて、少し前まで想像もしてなかったなぁ」

「えっ？」

「エミリアちゃんも知ってると思うけど、ランドルフ団長は周りに恐れられていてね。整ってるけど怖い顔で冷淡な対応をするから、誤解を受けやすい方なんだ。戦争での残忍な印象もあったから特にね」

「ランドルフ団長は、誰よりもお優しいのに……」

ヨーゼフ副団長がおっしゃることが、自分のことのように悲しい。

なんだか悔しい気もしてきて、ランドルフ団長を怖がっている全員を一人ずつ小一時間ほど問い詰めたい。そして彼の素敵なところを王城のホールで大演説したいくらいだ。

そんな複雑な気持ちでいると、ヨーゼフ副団長がへらっと笑った。

「そう言ってくれるエミリアちゃんがとっても貴重で、部下として喜ばしく思うよ。二人が上手くいってくれたら安心なんですけどね」

「っ⁉」

「ははは、冗談だよ。……半分はね」

――もしかして私が団長のことを好きだってバレバレなのーっ⁉

ぼふっと顔に熱がこもる。

「おおう、いけない。こんなに可愛らしい顔をいつまでも眺めていたら、ランドルフ団長に怒られる……。それでは、僕はこの辺で失礼しますね。引き続き団長をよろしくお願いします」

そう言って、ヨーゼフ副団長はあっという間に去っていった。

しかし、キスで目を覚ますだなんて、ヨーゼフ副団長もロマンチックなことをおっしゃるのね。

――起きる、起きないはともかく、キスくらいはしてもいいかしら……？

いつもよりもわずかに幼く見える寝顔を、愛おしく思っているのも事実だ。

本当に綺麗なお顔だなぁと、改めて観察する。

意外と睫毛《まつげ》が長く、男性らしい鷲鼻《わしばな》で筋はスッと通っている。

瞼《まぶた》の下に隠れた赤い瞳が早く見たいな。

……あぁ、本当に色っぽい唇。

私は引き寄せられるように顔を近づけ――優しく唇を重ねた。

って、わああ！　私何をやっているんだろう。好きな人の寝込みを襲ってしまうなんて。

慌てて顔を離した時、形の整った眉がピクリと動いた。

「ら、ランドルフ団長……！　私ですよ！　エミリアです！　分かりますか？」

唇がわずかに歪み、小さな呻《うめ》き声が漏れ聞こえる。

ドキドキしながら見守っていると、ようやっと瞼《まぶた》が開いた。

待ち焦がれていた綺麗な赤い瞳が瞬いて、視線が交差する。

「だんちょう……‼」

思わず涙が込み上げてくる。やっと、やっと本当の意味で帰ってきてくれた。

感極まって勢いよくランドルフ団長に抱きついた。

しかし彼の第一声に、嬉しい気持ちが凍りつくことになる。

「お前は誰だ？」

「え……」

思わぬ言葉に、私は息を呑んだ。

「わ、私が、誰か、分からないのですか……？」

「ああ……あれ？　そもそも、自分のこともよく分からないな……」

「っ⁉」

そ、そんな。記憶がないなんて。まさか魔物の毒血のせい……？

想像もしてなかった事態に、頭が真っ白になった。

その後、すぐに治療師の先生を呼んで、ランドルフ団長を診ていただいた。

診断の結果、身体状態の異常は見られないものの、記憶障害が起きているらしい。

一般的な事柄については分かるものの、自分のこと、家族、同僚など、誰一人覚えていない。

残酷すぎる現実に言葉も出なかった。

――それでも私はランドルフ団長を支えたい。

治療師の先生は治療方法を探してくれると言ったし、今後も精一杯看病を続けようと強く決意した。


「えぇっと、改めて、私はエミリアと申します。ランドルフ団長、これから看病のためにお世話をさせていただきますので、よろしくお願いしますね」

「ありがとう、エミリア」

柔らかい眼差し。いつものランドルフ団長は、眉間にシワを寄せていたのだけど。

大好きなランドルフ団長のお顔なのに、まるで別人のようだ。表には出さないものの、戸惑いを隠せない。

「いいえ、私はランドルフ団長によくしていただいていましたから」

「そうなんだ。……もしかして、俺の恋人だったのか？」

「へっ⁉」

突然の言葉に驚いて、一瞬時が止まる。

「あ、すまない。違ったか。君があまりにも好みな女の子だったから」

残念だな、と小さく呟くランドルフ団長は、今にも消えてしまいそうで。

私を好みだと、恋人かと勘違いしてくださるのは全然嫌じゃないけれど、切なくて複雑な感情が渦巻いて、ひどく胸が痛んだ。


「お食事をお持ちしましたよー‼」

「ああ、助かる」

あれから医務棟の厨房へ向かった私は、ランドルフ団長のお食事をもらって病室に戻ってきたところだ。

ベッドの上にテーブルを出し、そこにパン粥《がゆ》を置く。

久しぶりの食事だから、胃に優しいものをということらしい。

「なぁ、俺はいつまでここに？」

「……記憶が戻るまでと聞いていています」

「そうか。記憶が戻らないと、仕事ができないもんな」

ランドルフ団長は診察時にご自身の地位や職業について、ヨーゼフ副団長から説明を受けていた。

そして、この状況が公《おおやけ》になったら、他国が隙をついて攻め込んでくる可能性があることも。

「もしよろしければ、ランドルフ団長の執務室にあるご本をお持ちしましょうか？」

「本？」

「暇つぶしになるかと思いまして」

「では、お願いしよう」

あっという間にパン粥《がゆ》を平らげたランドルフ団長は、どこか迷子のような顔をしている。

「ランドルフ団長……」

「なんだ？」

「もしもランドルフ団長の記憶が戻らなくても、私は貴方《あなた》さまの味方ですよ」

そう告げて、空《から》の食器を手に、私は病室を出た。

厨房に食器を返し、ランドルフ団長を初めてお見かけした中庭まで歩いてきたところで、なんとか気丈に振る舞っていた感情が揺れる。

夕陽が眩しくて下を向くと、ぽつり、ぽつりと涙の粒が落ちた。

――どうして、ランドルフ団長があんな目に……

木陰に隠れてしゃがみ込む。たとえ記憶が戻らなくても、ランドルフ団長が好きだ。

だけど、気持ちの整理がついていない様子のあのお方があまりにも辛そうで、苦しい。

でも、一番大変なのはランドルフ団長ご本人だ。少し休んだら、きちんと支えなくては。

また笑顔でお仕えして、ランドルフ団長が少しでも寂しくないようにしたい。

これ以上泣かないように、ぐっと涙を堪《こら》えて、私は立ち上がった。

＊　＊　＊

今日は、ミシェル殿下が隣国へ嫁がれる日だ。

ランドルフ団長には断りを入れて、殿下のお見送りに参加している。

使用人に対しても一人一人丁寧に挨拶をされているお姿は、とても気品がある。ミシェル殿下と過ごした日々は決して長くないけれど、誇りに思った。

ヴェラちゃんへの挨拶が終わり、次は私の番だ。

「エミリア、短い間だったけどありがとう。ランドルフのことを頼むわね」

「こちらこそ、お世話になりました」

「あ、そうそう。耳を貸しなさい」

「？　はい」

そう言うと、ミシェル殿下は優雅に扇子を広げ、周囲から自身の口元を隠す。私の耳元へ近づいて、囁《ささや》いた。

「ランドルフの記憶が戻って気持ちを告白したら、これを渡すのよ」

高級そうな質感の封筒を渡され、綺麗なお顔が離れる。ふんわりとローズの香りがした。

「――それで、ミシェル殿下は、白馬が引く純白の馬車で出立されました。まるで絵本のお姫さまみたいで素敵だったんですよ！」

「それはすごいな」

「はい！　ランドルフ団長も一時期、ミシェル殿下に近衛騎士として仕えていたと聞きました」

「俺が……？」

驚いた顔のランドルフ団長は、目をぱちくりさせている。

「自分で言うのもおかしいのかもしれないが、近衛騎士をやった上に騎士団長なんて、すごい奴だったんだな、俺は」

「ええ、とっても！」

「早く思い出したいな。もちろんエミリアとの思い出も」

「私との思い出、ですか？」

「ああ。今の俺はお前のことを何も知らないからな」

伏し目がちにぽつりと呟くランドルフ団長は、泡沫《うたかた》のように消えてしまいそうだ。

そんな表情を見てしまうと、なんとかして元気づけたくなる。

「それじゃあ、私のこと、なんでも聞いてください！　答えられることなら全部お答えします！」

私が腰に手を当てて自信満々に言うと、ランドルフ団長は虚をつかれたような顔をした。

そして、何を聞こうか悩んでいるのか、真剣な面持ちで素直に考えている。

記憶のないランドルフ団長は、表情がぐるぐる変わって、とても可愛らしい。

それなりの時間が経って、彼が恐る恐るといった様子で顔を上げた。

「エミリアは、未婚なのだろうか」

「？　はい。そうですよ」

「……恋人は、いるのか……？」

聞いてから顔を真っ赤にしたランドルフ団長が、顔を隠すように片手で覆う。

「やっぱり、答えなくていい」

赤い耳を覗かせたまま軽く項垂《うなだ》れるランドルフ団長が、とても愛おしい。

こんなにも素直で純粋なところもあったのだなと、くすりと笑ってしまう。

「おい、何を笑っているんだ」

ジトッとこちらを上目遣いで睨む彼にときめいてしょうがない。

これではいつもと真逆で、まるで私のほうが年上のようだ。

「恋人も旦那さまもおりませんよ」

「……答えなくていいって、言っただろ……っ⁉」

「ふふっ。それは申し訳ありません」

そっぽを向いているランドルフ団長を眺めていると、彼が窓の外を見ながらぽつりと呟いた。

「エミリアと外に行ってみたいな」

きっと独り言だったのだろう。でも私は決して聞き逃しはしない。

「分かりました！」

「えっ」

ベッドに座っているランドルフ団長の手をぎゅっと握る。

「そうだ！　思い出がないなら作ればいいんですよ！　どこに行きたいですか？」

「だが、俺が外に出たらまずいんじゃないか」

「外に出るだけなら大丈夫だと思います！　長期休暇ということになっていますし！」

勢いよく立ち上がり、ランドルフ団長に告げる。

「上に許可を取ってきます！」

背中にかかる制止の声を振り切って、私は治療師の先生のもとへ急いだ。

＊　＊　＊

初夏の太陽が、肌をチリチリと焼く。

ランドルフ団長と私は、王都から一番近い港に遊びに来ていた。

「わあ！　ラルフさま、あそこ！　海ですよ！　海！」

「ああ」

ランドルフ団長の独り言を発端に、騎士団や治療師からの許可を得て、今日はお出かけだ。

ただし、今のランドルフ団長が万一の時に戦えるのか未知数のため、彼が第三騎士団団長だと周りに気づかれないように注意することを言い渡された。

念のため、離れたところから護衛もついてくるようだ。改めて彼は、要人なのだと実感する。

団長と呼ぶのはよろしくないので、一日限定で〝ラルフさま〟とお呼びすることになった。

愛称で呼ぶなんて、まるで恋人みたいで気恥ずかしい。

「海ってこんなにキラキラしているんですね」

「エミリアも初めてなのか？」

「はい！　実家は山に囲まれていて、あっても川くらいです」

砂浜を駆けて波打ち際まで近づこうとしたところで、かぶっていた麦わら帽子が風に飛ばされかけて立ち止まる。

少し湿り気のある潮風が、不思議と心地いい。

「王都に来てから、小旅行は初めてです」

「今日は初めてづくしだな」

「はい。今の真っ白なラルフさまと一緒です。ふふ、楽しみましょうね」

「ああ」

夏らしい薄手のシャツを着ているランドルフ団長は、とんでもなく格好良い。

いや、もちろん騎士服姿も大好きだよ!? だけど、騎士服をお召しになっている時は一切着崩すことがなかったから、ギャップを感じてしまって。顔が熱くならないように必死に平静を保った。


私たちは、海辺から歩いてすぐのところにある、観光地の市場にやってきた。

海の幸がたくさん売られていて、観光客で大変賑《にぎ》わっている。

「わ、見てください！ お魚がこんなにたくさんっ！」

「おい。そんなにはしゃぐと危ない」

ランドルフ団長が私の手を握る。

「ふふ、ありがとうございます」

「……何がおかしい」

「いいえ、なんでも」

記憶を失っても、ランドルフ団長はお優しいままで、なんだかほっこりしてしまった。

「あ、大きい二枚貝！ ラルフさま、貝はお好きですか？」

「……おそらく」

「あら、新婚さんかい？ 今が旬の二枚貝は甘くて美味しいよ。買ったものは海岸沿いのレストランで調理してもらえるから、どうだい？」

――し、新婚さん……っ⁉

思わぬ勘違いに頬が熱くなる私を横目に、ランドルフ団長が余所《よそ》行きの顔で店員のマダムに答える。

「ありがとうございます。では二枚貝をひとカゴと、エミリアは他に何が食べたい？」

「っ！　えっと……。この食べやすそうな小魚と、足がたくさんある変わったこれも食べてみたいです」

「イワシとタコね。イワシはフリットにするのが定番だよ。美味しく食べてちょうだい」

「フリット！　とっても美味しそう。マダム、ありがとうございました！」

「いい一日を」

お代を支払って、マダムに手を振る。

受け取った商品は、いつの間にかランドルフ団長が持ってくれていた。

「ラルフさま、お支払いも荷物も、ありがとうございます」

「いや構わない。と言っても、記憶を失う前の自分の金だから、俺も複雑だ」

「ふふっ。以前のラルフさまと、ヨーゼフ副団長に感謝しないといけませんね」

「そうだな」

今回の小旅行は、ヨーゼフ副団長が馬車や護衛の手配、ランドルフ団長のお金を下ろすところまで準備してくださった。お忙しいのに、感謝の気持ちで一杯だ。

海沿いのレストランに到着すると、テラス席に案内された。景色が綺麗で圧倒されてしまう。

波が穏やかにさざめいていて、耳まで楽しい。

「昼食にちょうどよかったですね」

「そうだな」

市場で買った魚介類は、お店のお任せで調理してもらうことになった。お酒もペアリングしてもらえるみたいだから、どんなものが出てくるのかとても楽しみだ。

「お待たせしました。生タコのマリネとイワシのフリットです。炭酸のきいた白葡萄酒《ぶどうしゅ》と一緒にお召し上がりください」

「わあ！」

ランドルフ団長と乾杯し、ひと口含む。

早速、小さく四角に切られた野菜とオリーブオイルで和《あ》えたタコのマリネを食べた。

「何これ、美味しいです！」

初めて口にする生タコの弾力に驚いたけれど、シャキシャキの野菜が混じり合い、ニンニクの香りもして舌を鳴らす。

「うまいな」

続けて、レモンをたっぷり搾《しぼ》ったイワシのフリットを頬張る。サクサクの衣にレモンの酸味と、新鮮なイワシがよく合う。魚の臭みが全くなくて感動した。

しゅわしゅわとした白葡萄酒《ぶどう》をごくりと呑むと、油を洗い流すような感覚でさっぱりする。

「お魚を食べると昔を思い出します。お母さまがまだ健在の時に、川辺でよくピクニックをしました」

「ピクニック？」

「はい。地面に布を広げて用意したお弁当を食べるのですが、時にはお父さまとお兄さまが捕った魚を焚《た》き火で焼いて食べたこともありました」

「楽しそうだな」

「はい。あの時の思い出は、私の宝物です」

お母さまがいらした時はまだ我が家も裕福だったなと思い返して、ちょっとしんみりする。

泡の白葡萄酒《ぶどう》を呑み干すと、お店の方が新しい料理とお酒を運んできた。

「お待たせしました。二枚貝の酒蒸しです。キンキンに冷やした白葡萄酒《ぶどう》とお召し上がりください」

手のひらほどの大きさの貝を左手で押さえて、フォークでそっと身をすくう。

熱々でぷっくりとした貝の身をパクッとひと口で食べると、貝独特の濃厚な甘みが口いっぱいに広がった。その後によく冷えた白の葡萄酒《ぶどう》を呑むとやはりよく合う。

「んんー!! ラルフさま、二枚貝も美味しいですね」

「ああ。正直びっくりしている」

「ふふっ。よかったです」

最後にタコを使ったパスタに舌鼓を打ちつつ、お酒も入ったことで会話もよく弾んだ。


レストランを出た私たちは酔いを冷ますため、海岸に出て岩場に腰かけた。

波の音を聴きながら話をしていると、あっという間に時間が過ぎる。

「綺麗な夕焼けですね」

「そうだな」

空が一面、茜《あかね》色に染まっている。それが海にも反射して映って、息を呑むほどの絶景だ。

青と茜《あかね》色がグラデーションになっていて、太陽が溶けているようにも見える。

「今日は一緒にお出かけしてとっても楽しかったです。ラルフさまにとっても、いい思い出になりましたか？」

「もちろんだ」

海風が二人の間を吹き抜ける。ランドルフ団長が言いにくそうに口を開いた。

「……なぁ。エミリアは、俺のご奉仕メイドだったんだよな」

「はい。そうですよ」

「何か嫌なことはされなかったか？」

「嫌なことですか？　されてませんよ」

えっちな指示はされたけれど……お仕事だし……!!

うん、思い返しても嫌なことはされていない。恥ずかしいことはたくさんあったけれど……

「そうか。……なら、よかった」

そう言ったランドルフ団長は、夕焼けのせいか顔が赤く見えた。

具合でも悪くなったのかと心配して顔を覗き込むと、咳払いをして言葉を続ける。

「そろそろ王都へ戻るか」

「はい。また来ましょうね」

「ああ。今度は泊まりで来よう」

「ふふっ。それは楽しみです」

馬車で王都へと戻る。気がついたら二人揃って、到着するまで眠ってしまっていた。

——ランドルフ団長が、寝ている私にキスを落としたなんて知る由《よし》もない。

# 第七章　一難去って、また一難

ランドルフ団長とお出かけし、王都に戻って何日か経った頃。ヨーゼフ副団長が全力疾走で病室に入ってきた。

「ランドルフ団長！　大変です！　大変なことになりましたー！」

「どうしたんだ」

騎士の名簿を読んでいたランドルフ団長が顔を上げる。

ヨーゼフ副団長は先ほどまでの勢いを抑え、こっそりという風に告げた。

「実は、第一騎士団長もとい、バルト公爵家の嫡男フェリクスが、王太子の座を求めて決闘を申し込んできました……！」

「魔物の次は、後継者争いか……」

ランドルフ団長の眉間にシワが寄せられる。私は国を揺るがす事態に息を呑んだ。

お城で働くメイドを志すなら法律に詳しいほうが何かと有利かもと思って勉強した際に、今時こんな制度が残っているのだなぁと、びっくりしたことを思い出す。

——この王国には、昔ながらの決闘制度が残っている。

我らの祖先は戦闘民族だった。その民族内での激しい決闘の末に勝ち残った者が最初の国王選ばれたという、この王国の成り立ちの名残だ。

決闘は、力を持つ者が頂点にふさわしいというその頃からの考えによって支持されていた。

王族の直系と、王族の血を引く三つの公爵家の人間が、王太子もしくは国王に決闘を挑むことができる。いずれも王位継承権を持つ者たちだ。

もしも王太子や国王が決闘に負けたら、決闘を申し込んだ者がその座を継承する。

何度もこの制度の撤廃が貴族議会で審議されたそうだが、万が一、今後悪政を敷く王が出てきた場合に止められるように残しておいたほうがいいという意見が出て、毎度廃案となるらしい。

しかしまさか、この平和な時代に命をかける決闘を挑むだなんて、驚きを隠せない。

「それでこの後、お忍びでジークハルト王太子殿下がお見えになるそうです。自分も参加しますが、ご対応、大丈夫でしょうか」

「……緊急事態だ。記憶がない俺でも、話があるのなら聞くしかあるまい」

「あ、エミリアちゃん。もてなしは不要と言っていたから、傍に控えているだけで問題ないよ」

「承知しました」

私が返事をした途端、ヨーゼフ副団長が窓辺に寄り、鍵を開けた。

突然の行動に戸惑うが、その理由はすぐに分かった。フードを深くかぶったジークハルト王太子殿下がそこから入ってきたからだ。続けて入ってきた側近が、窓とカーテンを素早く閉める。

「やあ、ランドルフ。久方ぶりだね」

「……ご無沙汰しております。ジークハルト王太子殿下」

「やだな。君がそんなに畏《かしこ》まっていると、鳥肌が立ちそうだよ」

以前、舞踏会で一緒に踊ったジークハルト王太子殿下は、終始丁寧で紳士的な立ち振る舞いだった。だからこのように軽口を叩く様子に、内心びっくりする。

「魔物討伐ご苦労だったね。そこで記憶を失ったんだって？　騎士団長なんだから、自分の身体を大事にしてもらわないと困るよ」

「……申し訳ございません」

「あー、寄宿学園で一緒だった友人関係なんだ。だから気を遣わなくてもいい。以前の君は、俺のことをジークと呼んでいた」

デビュタントの時、ジークハルト王太子殿下は確かにランドルフ団長を気にかけていたけれど、そこまで近しい仲だったのかと、また私は驚いた。

少し困った様子のランドルフ団長に、ジークハルト王太子殿下がまた声をかけようとした時。側近の方が落ち着かない様子で、わざとらしく咳払いをした。

すると、ジークハルト王太子殿下がそちらを横目に見て、大きな溜息をつく。

「さて、記憶のない君を揶揄《からか》いたくてしょうがないが、なにぶん時間がない。本題に入るよ。ヨーゼフから聞いたと思うけど、バルト公爵家の嫡男、王位継承権第三位のフェリクスが、この俺に堂々と喧嘩を吹っ掛けてきた。どっかからランドルフが静養中だと情報が漏れたんだろう」

「私が静養中ということと、ジークハルト王太子殿下が決闘を申し込まれるのには、どのような関係性が？」

「それはね、君が俺の強靭《きょうじん》な戦力だからだよ。決闘と言っても、王位継承権を持っている者同士が直接戦闘をするわけではない。今の時代はそれぞれの配下に戦ってもらうことになっているんだ。ランドルフがいない今をチャンスと思って、わざわざこの時期に決闘を申し込んだんだろうね」

ランドルフ団長は、ジークハルト王太子殿下の言葉に目を見開いている。

「まぁでも、暗殺者に狙われる生活にもうんざりしてきたところだったから、ちょうどよかったと思っているよ。ただ、君がいないと、こちらの戦力はフェリクス側と同等くらいだろう」

ジークハルト王太子殿下が言葉を続ける。

「……無理を承知だけど、決闘までに記憶を戻してくれないか」

ランドルフ団長の目を見てそうおっしゃると、あろうことか深々と頭を下げた。

まさか王族の方が、頭を下げるなんて……!!

とんでもない事態に思わず悲鳴を上げそうになったけれど、頑張って堪《こら》えた。

ヨーゼフ副団長や側近の方も慌てふためいている。

「頭をお上げください」

ランドルフ団長に言われた通り体勢を戻したジークハルト王太子殿下は、少し決まりの悪そうな顔をしている。

「……できる限り、善処しましょう」

「頼んだよ、ランドルフ。君が望んだ、戦争のない世界にするためにもね。ヨーゼフ、エミリア。ランドルフのことを頼んだよ」

そう言い残し、来た時と同じようにジークハルト王太子殿下は窓から去っていった。


その後、ジークハルト王太子殿下と入れ違いで、治療師の先生が新しい治療法を発見したと訪ねてきた。

治療法を探していたところ、古い医療本に『記憶を取り戻すには、記憶を失う前と同じ行動をすることが改善の一歩に繋がる』と記述があったそうだ。

それを聞いたランドルフ団長は、早速病室で素振りを始めた。汗を滴らせながら、鮮やかに木剣を振り下ろす姿に見惚れてしまう。

それに何より、私が辺境伯軍に交じっていた時にも見たことがない、果てしない強さを感じる。今までの戦歴を、そのひと振りが表しているような気迫だ。

辺境伯軍だって先鋭だったけれど、ランドルフ団長はあそこにいた誰にも負けないだろう。

一緒に見守るヨーゼフ副団長も、記憶を失う前と比べても寸分の乱れもないと絶賛している。

ジークハルト王太子殿下がわざわざ病室までいらっしゃって頭をお下げになった理由にも、改めて納得した。

「あの、ヨーゼフ副団長」

「どうしたんだい」

「ランドルフ団長は、ご自身の執務室に戻られてはいかがでしょうか。今と変わらず外には出られないとしても、以前の生活環境のほうが、少しは記憶も戻りやすいのではないかと」

「なるほど。ランドルフ団長はどう思われますか」

ヨーゼフ副団長が問いかけると、ランドルフ団長は動きを止めてこちらを見た。

そのどこか気怠《けだる》げな姿に、つい心臓がドキドキしてしまう。

「少しでも可能性があるなら、執務室とやらで生活しても構わない。今も、自分で自分の身を守れそうだと確認できた。だが……」

言葉を続けながら、ランドルフ団長が私に視線を移す。

「エミリアの護衛はどうする」

「……私、ですか？」

ヨーゼフ副団長が、顎に手を当て考え込む。

「きっとエミリアは俺の弱点になるだろう。だから、常に目の届くところに置いておきたい」

「あの、私、普通の女性よりは足も速いですし、嗜《たしな》む程度ですが体術にも心得がありますよ」

「それでも心配なんだ」

私の肩を掴み、真剣な眼差しでこちらを見つめるランドルフ団長の瞳があまりにも熱っぽくて、つい目を逸らしてしまう。

すると、考え込んでいたヨーゼフ副団長が口を開いた。

「そうだ！　だったら団長の執務室に二人で閉じこもればいいじゃないですか！　あそこにはベッドも湯浴み場もあるし、食事とか必要なものは自分が運びますから」

「いい案だな」

ランドルフ団長は頷いているけれど、あそこの休憩スペースにはベッドが一つしかない。

使用人スペースはあるものの、この豪華な病室のようにそこで寝泊まりできるような設備でもない。

あのベッドに二人で寝るとなると……今までの数々の情事を思い出して、記憶がないランドルフ団長を襲ってしまいそう。

――しかし皆が納得する方法は、これしかないみたいだ。

「それでは、決闘が行われるまでの数日間は、ご一緒させてください」

私はその間、ソファで寝ようと固く決意した。

「決まりですね。自分は早速手続きをしてきます。あ、そうだ。二人にはあらかじめ言っておいたほうがいいですね。第一騎士団の連中には特に気をつけてください。団長であるバルト公爵家を支持する連中が多いですから」

「承知しました」

そういえば、以前に第一騎士団の騎士さまに絡まれたことがあった……。ランドルフ団長が彼らの政敵だから、私に接触してきたのかしら？

私はきっと大丈夫だけど、用心するに越したことはないよね。

ランドルフ団長に安心して執務室で過ごしてもらえるように、細心の注意を払おう。

なんとなく騒《ざわ》めく不安感を拭おうと、私は自分の胸の辺りをそっと撫でた。

＊＊＊

今日は、ランドルフ団長と共に病室から執務室に移る日だ。

「いいですか。眉間にシワを寄せて、もし仮に話しかけられても〝ああ〟か〝いや〟のみでお返事してくださいね。絶対に喋っちゃダメですよ。それだけでは対応しきれなかったら〝休暇中だから副団長を通してくれ〟です！」

「エミリアは、記憶を失う前の俺のことをなんだと思っているんだ……」

はじめは木箱の中に隠れてもらってこっそり運び込もうとしたのだけど、ランドルフ団長はガタイがいい上に背も高いから、物理的に無理だった。

なので、堂々と移動する作戦だ。

とはいっても、出くわす人は少ないほうがいいので、第一、第二、第三騎士団の合同演習がある今日を決行日とした。だからか、医務棟を出て騎士棟に移っても、人気《ひとけ》は少ない。

そして無事、誰にも見つからずに執務室へ辿り着けた。

ジークハルト王太子殿下が手配してくださった護衛が後ろから見守ってくれているとはいえ、目撃者も襲撃者もなかったことには、かなりホッとした。

「……ここは懐かしいような感じがする」

「わ、それはよかったです」

「エミリアもここで仕事していたんだよな」

「はい」

使用人スペースのミニキッチンに立ち、すっかり慣れた手つきでコーヒーを淹れていると、後ろから視線を感じた。

「あの……。ランドルフ団長」

「なんだ？」

「そんなに見られると、やりづらいのですが……」

それに、ここに二人でいると、どうも淫《みだ》らな出来事ばかり思い出す。

ランドルフ団長の視線にぞくぞくとしてしまって、我ながら情けない。

「すまないな。だがエミリア、ここに来てからどこかおかしくないか」

「いいえ。そんなことはありませんよっ！」

——早速バレてるし……

頭を横に振って深呼吸をし、邪心を払う。

遠征中はランドルフ団長の無事を祈るのに精一杯だったし、意識がない間もそうだ。

だけど、遠征前にご奉仕メイドとしての日々が充実しすぎた反動なのか、目覚めた彼の容体が少し安定してきた最近は、火照《ほて》る身体をもてあましている。

……いくらランドルフ団長との触れ合いが恋しくても、ちゃんと我慢しなくちゃ。

ましてや記憶喪失の彼を襲うなんて絶対にダメだ。たとえ欲求不満だからと言っても、節操がないにもほどがある。

コーヒーをドリップし終え、一人掛けのソファに座っているランドルフ団長のもとへ届ける。

資料を読んでいたにもかかわらず、私がカップを置いて姿勢を戻した途端、すぐに口をつけてくださった。

「うまいな」

「ありがとうございます！」

ランドルフ団長は脚を組んで、わずかに微笑んだ。

「このコーヒーは飲んだことがあるような気がする」

「はい。よく飲んでくださっていましたから」

「……俺は初めて飲んだのに、以前の俺はよく飲んでいたのか……」

「？」

「いや、なんでもない」

ランドルフ団長は何やら眉間の皺を少し深め、再び資料に目を落とす。

さてこの間に、部屋を整えましょうか。

カーテンは元々閉まっていたので、誰かに見つかってしまわないようにそのままにする。

メインスペースに二つある三人掛けのソファのうち、片方を私の寝床にすることに決めた。

クッションを片側に寄せて、枕代わりにしよう。確かブランケットの予備が、使用人スペースの棚に入っていたはず。

ブランケットを出してきてソファに置いておく。これで寝床の心配はなくなった！

うんうんと満足して頷いていると、声をかけられた。

「何をしている？」

「私の寝床作りです」

「そんなところに寝るだと？　一緒にベッドで寝ればいいだろう」

――な、な、な……!?　ランドルフ団長は、一体何をおっしゃっているのでしょう……!?

「いえ、ランドルフ団長はお一人でベッドをお使いください。私は大丈夫ですから」

「しかしエミリアは、前の俺と一緒にベッドへ入っていたんだろう」

「ま、まぁ。それはそうですが」

「俺と一緒に寝たくないのか……？」

まるで捨てられた子犬のようなお顔をされるランドルフ団長に、心を揺さぶられる。

「いえ、そういうことではありませんけど……！」

「じゃあ、これを今すぐ片付けろ」

「………はい」


湯浴み場から聞こえる水音がやけに生々しく感じる。結局、あのベッドでランドルフ団長と一緒に寝ることになってしまった。

私は先に湯を使わせていただき、髪を乾かしてベッドの中に潜り込んだ。

あぁ、心臓が爆発しそうだ。

ランドルフ団長にはまだネグリジェ姿をお見せしたことがないし……就寝前のネグリジェ姿を異性に見せるなんて、恋人同士か夫婦しかあり得ないもの。

ネグリジェとは言っても至って普通の、特に露出もない木綿製の寝衣なんだけど、いつも寮の自室で寝る時に着ているものだから、単純に気恥ずかしい……

お仕えするランドルフ団長よりも早くベッドの中に入るなんて、きっとマナー違反だけど。

もう、このまま寝てしまおうかな。

そう考えて瞼《まぶた》を閉じた時、湯浴みを終えたランドルフ団長が出てきた。こっそり薄目で様子を窺《うかが》うと、艶《なま》めかしい筋肉が見えて……！

上半身裸でこちらに向かってくるので、慌てて目を閉じる。

近くに気配を感じ――

「いだっ！」

「分かりやすい寝たふりはやめろ、馬鹿」

うぅ、記憶のないランドルフ団長にも、馬鹿と言われてしまった……

しかしなんだか懐かしいような気分になるのが不思議だ。

目のやり場に困りつつ、摘まれた鼻をさする。

「ランドルフ団長、服を着てください！」

「やだ」

「もう、駄々っ子さんですかっ!?」

「ああ、そうだ」

そう肯定したランドルフ団長は、何故か私に覆いかぶさってきた。

顔のすぐ横に彼の両肘が来て、一気に心臓が煩《うるさ》くなる。

「最初に俺が目覚めた時、俺にキスしたよな」

「っ！」

——ば、バレていたのっ⁉

不敵に笑う顔が、記憶を失う前のランドルフ団長を彷彿《ほうふつ》とさせて、頬が熱くなった。

「だから、俺がキスしても問題ないな？」

低い声で囁《ささや》かれ、答える間もなく口が塞がれる。

ランドルフ団長の濡れた黒髪から、水滴が落ちてくる。

「んん」

咥内《こうない》に侵入した舌がなんだかとても熱い。久しぶりのキスとは思えないほど深くて蕩《とろ》けそう。

まさか今のランドルフ団長に襲われるとは、夢にも思わなかったけれど。

唇が離れ、つい言葉が零れる。

「な、なんで、えっちなことは覚えているんですか！」

「エミリアを見ていたら思い出した」

「も、もう……っ」

心が乱されてしょうがない。

額、頬、耳……至るところに口付けられ、愛おしさで涙が出そうになった。

「記憶を戻すには、記憶を失う前と同じ行動をするといいんだろう？」

「ひ、え……っ」

「たくさんご奉仕してもらおうか。エミリア」

そんな風に言われたら拒めない。

彼の記憶が戻るまでは我慢しようと思っていたのに……再び唇を喰《は》まれて、思考が停止した。

もう流されてしまえ。

諦めてゆっくり瞼《まぶた》を閉じると、深くて熱いキスに溺れていく。

その間に毛布をめくられて、唇が離れれば、赤い瞳にネグリジェ姿の私が映った。

「ネグリジェ姿、可愛いな」

「やっ、見ないでっ」

やはり殿方、ましてや好きな人に就寝時の格好を見られるのはとてつもなく恥ずかしい。

「っ、ひゃあ……」

ランドルフ団長の手が布越しの胸をやわやわと揉《も》みしだく。

時折、先端に指が引っかかって甘く痺《しび》れた。

以前のランドルフ団長と同じ触り方で、お腹の奥がきゅんとする。

「んんぁ、だめ……っ」

「大丈夫だ、エミリア。もっと乱れろ」

「あぁ……っ！　もう……」

胸の先端を布越しに潰される。強い刺激に、反射的にランドルフ団長の首に抱きついた。

ランドルフ団長に散々開発された身体は、既にとろとろに溶かされている。

「きゃあっ！」

首筋にキスをされ、そこを思い切り吸われた。

「お前は俺のものだ」

熱っぽい瞳から、目が離せない。そのせいで、つい本音のままに漏れてしまう。

「はい。わたしは、だんちょうのものです」

「つまた、ラルフって呼んでくれないのか？」

ネグリジェを捲り、武骨な手が滑り込む。

素肌が触れ合って、それだけで気持ちいいのに、執拗《しつよう》に胸の先端をいじめられた。

「ひゃんっ……！　ら、ラルフさまぁ」

「可愛い、エミリア」

甘く甘く囁《ささや》かれ、まるで両想いにでもなった気分だ。

記憶を失われてもなお、こうして触れてくれることが、何より嬉しかった。

あっという間に一糸纏《まと》わぬ姿にされて、早く繋がりたい気持ちが膨らんでいく。

「ラルフさま。あの、もう……」

「なんだ」

「んんっ、お願いです……。早くラルフさまが欲しい……っ」

「っく。煽《あお》るな」

ラルフさまが下衣を脱ぐと、立派な昂《たかぶ》りが露出した。

今からあれが挿入《はい》ると思うと、蜜口がひくひくと疼《うず》いてしょうがない。

彼は私の脚を広げ、確認するように覗き込んだ。

「胸だけでこんなになったのか？」

「やだっ、見ないでくださいっ……！」

「エミリアは感じやすくて可愛いな……」

待ち望んでいた大きすぎる男根が、蜜壺へゆっくりと挿入《はい》ってくる。

その久しぶりの質量に背中がぞくぞくと歓喜に震え、彼を思い切り締めつけてしまう。

「……っ！　あぁ、だめ、すごい……」

「おい、そんなに締めるな」

「ッだって……。あんっ、ラルフさまぁ」

まだ全部挿入《はい》りきっていないのに。奥が擦《こす》れると、それだけで唐突に達してしまって、腰が大きく跳ねた。

「ひゃああ、まってくださっ！　イッてる！　イッてるからぁ……！」

「待たない」

「やあっ、あああ……っ！　おかしくなる、だめぇ……っ」

達している最中に、容赦無く奥の奥をぐりゅっと突かれて、ようやく全て挿入《はい》ったけれど、高まった絶頂感が落ちていかない。

そして一番気持ちいい快感が昂《たかぶ》った状態のまま、蜜口の上の蕾《つぼみ》を親指で押される。

「ひぅっ⁉　だめ、またイッ、ひゃああ……っっ‼」

その瞬間、ふしゃあと秘所から何かが噴き出て、ラルフさまのお腹にかかった。

「いやぁ、なに、今の、ごめんなさい……っ」

「……可愛すぎだろ」

「も、もしかしてお漏らし……？」

「これはお漏らしじゃない。気持ちよすぎると潮を噴くんだ」

「そんなっ！　でも、なんでこんなことは、覚えて……？　――ん、ああっ！　あ、あぁっ」

少しの手加減もなく、猛々《たけだけ》しい抽挿が続く。

今までのランドルフ団長は、きっとあれでも優しくしてくれていたのだと思い知らされる。

「あ、あ、あ、やあぁぁあっ！　もぅ……しんじゃうっ！　きもちよす、ぎて……ダメぇッッ」

腰を掴まれ、壊れそうなほど奥へ奥へと突き上げられる。

辛いくらいの快感に、されるがままだ。

「エミリア、そろそろ……」

「ひぁんっ。んぁっ、いっぱい……くださいっ‼」

いつもよりも余裕のなさそうなラルフさま。今まで一番大きく突き上げて、果てられた。

その時、ラルフさまが何か呟いていたけれど。情けないことに、聞き取れないまま私の意識は遠のいていった。


目が覚めると、執務室のベッドに寝ていて驚いた。隣にランドルフ団長はいない。

起きて立ち上がると脚の間で何かがどろりと流れ落ちる感覚がして、赤面する。

――あれ？　今までこうして流れてきたことはなかった……もしかしてランドルフ団長がかき出してくださっていたの？　やだ、恥ずかしすぎる……！

ベッド脇にうずくまって、うわあああと身悶《みもだ》えしていたら、大好きな人の声が聞こえた。

「エミリア、起きたか」

「ランドルフ団長？　あれ、お仕事を……？」

メインルームへの扉が開いていて、執務机の前に座るランドルフ団長は何か書類を書いているように見える。見慣れた光景だけど、今は違和感しかない。

だって、ランドルフ団長は記憶を失って、お仕事はまだできないはずでは……？

「エミリアと寝たら、記憶が戻った」

「え、ええっ!?」

――うそ、本当にっ!?

衝動的にランドルフ団長のもとへ駆け寄り、半信半疑で質問を投げかける。

「わ、私の兄の名前は？」

「タールヴェルク辺境伯軍の隊長ディートリッヒ・レッツェル」

「じゃ、じゃあ！　魔物討伐に行く前に『帰ってきたら返事を聞かせろ』とおっしゃっていたのは、覚えています、か……？」

「ああ。返事を聞かせてくれるのか？」

「っだんちょう！　よかったです……!!」

嬉しくて嬉しくて、跳ね上がるように思い切り抱きつく。

遅れて、じわじわと涙が込み上げてきた。

「好き、好きです！　ランドルフ団長のことが、誰よりも……きゃっ！」

「くくっ。まさか裸のままで返事を聞かされるとはな」

急に横抱きにされて驚いてしまう。

って、私、今裸じゃない!!

「いやあああああ!!　服を着させてくださあああぁいっ!!」

急いで服を着た私は、感情がぐちゃぐちゃで、涙が止まらなくなってしまった。

「おい、そんなに泣くな」

「……だってぇ……ぐずっ、人生初めての告白だったのに……っ！　でも、だんちょうの記憶が戻って、うれじくで……うぅっ！」

「――さっきから思っていたが、ラルフと呼んでくれるんじゃなかったのか……？」

「うう……、お仕事中は、ぐすっ、だんちょうと呼びます……！」

「っふ。そうか」

子どもみたいに泣いている私をぎゅうぎゅうと抱きしめて、頭を優しく撫でてくださる。

甘やかに慰められるのが恥ずかしくて、でも嬉しくて、余計に涙が止まらない。

「……こ、今度！　っやり直しさせてください！」

「やり直し？」

「はい！　決闘が終わったら、私とデートしてくださいっ！」

「ああ。楽しみだな」

綺麗な顔が、パッと微笑んだ。つい見惚れて赤面してしまう。

泣き止むまでしばらく時間がかかったけれど、ランドルフ団長はひたすら甘やかしてくれた。

「えええぇぇぇぇっ!?　記憶戻ったんですか!?　あああよかった、よかったです!!　もう仕事ありすぎて無理かと思いましたああ!!」

朝食を運んできてくださったヨーゼフ副団長が、大喜びでランドルフ団長に抱きつく。すぐに鬱《うっ》陶《とう》しそうに引き剥《は》がされていたけれど、二人ともとびきりの笑顔だった。

「お前は俺の記憶が戻らないほうがよかったんじゃないか」

「やめてくださいよ！　僕は団長の器ではありません！」

ランドルフ団長は意地悪を言いつつも満更でもないようだ。私はくすくすと笑ってしまった。

「これで、例の決闘はジークハルト王太子殿下の圧勝ですね」

「ああ。負ける気がしないな」

よく見慣れた不敵な表情を見て、改めて胸が熱くなった。

＊　＊　＊

ランドルフ団長の記憶が戻って、私たちの生活は以前のものに戻った。

とはいっても、休んでいた期間の職務が溜まっているようで、以前にも増して彼は忙しそうだ。

私はというと、しばらくぶりに寮へ戻ってきた。数週間戻っていないだけでなんだか懐かしい。

ランドルフ団長の記憶喪失は国家機密のため、ヴェラちゃんにも詳しい事情は言えず、簡単な書き置きしか残せなかったので、ひどく心配をかけてしまっていた。

ランドルフ団長の休暇明け——復帰したという情報はすぐに広まるだろう。慌てた第一騎士団長のフェリクス公子が、私を彼の弱みと思って何かしてこないとも限らない。

そのため寮に戻る際、ひどく心配したランドルフ団長が、私に女性の護衛をつけてくださった。

でもやっぱり、私は休んでいるのに護衛の方は仕事をしているだなんて、なんだか申し訳ないなぁ。

けれど、決闘はとうとう明日に迫っている。渋々受け入れる他なかった。

私もランドルフ団長、いやラルフさまの応援に行くので、今夜はゆっくり休もう。

ヴェラちゃんとは異動先の話とか積もる話もあったものの、彼女は夜勤に行ってしまったから、久しぶりの一人の時間だ。のんびりごろごろしようとベッドに横になった——その時だった。

突然、室内にガシャンと何かが割れるような大きな音が鳴り響いた。大きなものが外から投げ込まれ、窓が割れたみたいだ。反射的に毛布をかぶって身を守る。割れた窓の向こうで何かが動いた。

——あれは物じゃない、人間だッ！

私は急いでベッドから転がり下り、寮の扉を開けた。

護衛の方にご助力いただこうと思ったら、あちらも戦っている様子だった。

困った、逃げ道がない。

ここは戦うしかないかと息を詰めた瞬間、窓から入ってきた黒ずくめの人間が何か球状のものを投げた。

途端に、部屋の中が煙でいっぱいになる。

視界が悪くて思わず立ち止まると、首筋に大きな衝撃が加わった。

痛いと思った瞬間、意識がブラックアウトした。

＊＊＊

ガタンガタンと揺れている。床が硬くて身体の節々が痛いし、なんだか頭痛もする。

一体何が起こっているのかと考えて、すぐ思い出した。

――っ、そうだ。私、寮で襲われて……

反射的に動こうとしたが、後ろ手に両手首を縄でぐるぐる巻きにされているようだった。

目と足は封じられていないのが幸いだ。口枷《くちかせ》もはめられていないから、いざとなったら大声を出すこともできるだろう。

これはもしかして、フェリクス公子派の仕業だろうか。

やはり私を人質にして、ランドルフ団長を脅そうとしているのかもしれない。

――足手まといなんて、絶対に嫌。なんとかして逃げ出さなきゃ。

周囲に人の気配がないことを注意深く確認してから、うっすら目を開ける。

ここは……馬車の中？　荷台に乗せられているのかしら……？

ガタガタと煩《うるさ》い物音の合間によくよく耳を澄ましてみると、馬の蹄《ひづめ》の音が聞こえる。一体どこへ向かっているんだろう。

きっと御者席には誘拐犯がいるのだと思うけれど、ここからではよく見えない。

馬車の荷台は幌《ほろ》で覆われているようで、御者席どころか外の様子も分からない。わずかな隙間を見つけ、這いつくばって覗くと、真っ暗闇の中を走っているらしい。

……うーん、困ったなぁ。

しっかりとロープが張られているので、この隙間からは逃げられなさそうだ。

それとも、ひとまずは大人しくしておいて、誘拐犯にまつわる証拠を持って帰ったほうがいいのかしら。拘束が甘いことから、私を、なんの訓練も受けていないか弱い女の子だと思っているようだし。

以前ジークハルト王太子殿下が、何度も暗殺者を送り込まれたと言っていた。それでもバルト公爵家が取りつぶしになっていないのは、きっと証拠不十分だったからだと思う。

つい出そうになる溜息を、必死に堪《こら》える。

無性に、ラルフさまのお顔が見たくなった。


どのくらい経ったか分からないが、ようやく目的地に着いたようだ。

私はぐったりと身体の力を抜いて、意識のないふりをした。

「……おい、この嬢ちゃんまだ寝てるぜ」

「ああ。今のうちに運んでしまおう」

男が二人。護衛の方と戦っていた人と、私を攫《さら》った人だろうか。

「こいつご奉仕メイドだったよな」

「おい、傷つけるなよ」

「ちょっと味見……」

「馬鹿野郎！　公子さまに知られたら報酬が減っちまうだろう！」

「ッチ」

この国に公爵家は三つしかない。やはりバルト家のフェリクス公子が主犯なのだろうか。

意外にも丁寧な手つきで、私は男に持ち上げられた。

瞼《まぶた》を閉じていても、どんどん階段を下り、暗い場所に入っていっているのが分かる。

――まさか地下牢にでも入れられるのかしら。

ギィとさび付いた音が響いて、床に下ろされた。お尻がとても冷たい。

「さっ。早く公子さまを呼んでこようぜ」

「そうだな」

ガチャンと鍵が閉まり、二人分の足音が遠ざかっていく。

「ふぅー」

やっと一人になった。頭はまだ鈍痛がすごいけれど、意外と冷静だ。

やっぱりどこかの地下牢に入れられたらしい。三方が壁、一方が鉄格子に囲まれている。

手首の縄を確認する。この結び方だと、辺境伯軍で教わった方法で解けそう。

公子さまとやらが来る前に、逃げてしまおうか。だけど、もし相手が本当に第一騎士団長だったら、鉢合わせた時に力で負けて、再び捕まってしまうかもしれない。

思考をぐるぐると巡らせていると、また足音が聞こえてきた。

……あぁ、もう来てしまったのか。随分と早い。暗がりから人が現れる。どうやら一人のようだ。

「よう。久しぶりだなァ」

男の声がやけに響いた。

第一騎士団の制服をお召しになっているようだが……

「……あの、どちらさまでしょうか……？」

久しぶりだと言うけれど、私にはお会いした記憶が全くない。

だからこんな誘拐された状況で、なんとも間抜けな声が出てしまった。

「なんだと？　この俺が分からないのか？」

鉄格子を掴み、こちらを威嚇する公子さま（仮）。

いやぁ、困ったことに、本当にいくら考えても思い当たらないなぁ。

腕組みして考えたいが、あいにく手首は縛られているし……

「……えっと、あの。もしかして人違いじゃないでしょうか……？」

「んなわけあるか！」

えぇ、誘拐犯にツッコミを入れられた……

男は胸元から立派な紋章が彫られている鍵を取り出すと、勢いよく牢の戸を開け、こちらにやってきた。

私は近づいてくる男を見上げ、おずおずと問いかける。

「それでは、失礼ですが、お名前をお伺いしても……？」

「第一騎士団団長のフェリクス・フォン・バルトだ！　ほら、俺のご奉仕メイドになれば側室にしてやるって勧誘したのに、お前、俺の足を思いっきり踏んで逃げただろ⁉」

やっぱり犯人は、ジークハルト王太子殿下に決闘を申し込んだ公子さまだったのか。

そういえば、前に第一騎士団の変な騎士さまに絡まれたことがあったけれど、あの時の……？

「もしかして、ランドルフ団長を〝あんな奴〟とおっしゃった騎士さまですか？」

「そうだ！　やっと思い出したか！　なあ、まだ俺のご奉仕メイドになる気はないのか？」

「ありません。私はランドルフ団長のご奉仕メイドですので。それより明日の朝、ジークハルト王太子殿下と決闘なのでは？　何故私をここに連れてきたのですか？」

「へぇ、決闘のことも知っているのか。じゃあ分かるよな？　ランドルフ・リンデンベルクが負傷しているうちにジークハルトの王太子の称号を剥奪《はくだつ》しようと思ってたのに、奴がもう訓練に参加してるから流石《さすが》の俺も焦ってね。お前を誘拐して、解放する代わりに棄権してもらおうと思ったわけ」

この人が王太子、ゆくゆくは国王になるかもしれないなんて信じられないわ。本気で軽蔑する。

卑怯な手を使って自らを有利にするなんて、最低な人もいたものだ。

「おっ、いいね。その反抗的な目。すげえ好みだ。俺は国王になったら後宮を復活させてハーレムを築くんだ。そしてお前を側室にしてやると、今決めた」

「っ」

話しているうちに無事、手の縄が解けた。自由になった手をこっそり動かして、感覚を確かめる。

このままじゃ、誘拐された上に襲われてしまいそうだ。

「今から手始めに、ランドルフ・リンデンベルクなんかじゃ満足できなくなるくらい、朝までたっぷり犯してやるよ」

ああ、やっぱり襲おうとするのね⁉　こんな人の側室なんて絶対に無理すぎる。

――よし、逃げるなら今だ。逃走方法の見当もついて、決死の思いで大声を出す。

「そんなのお断りするわ！」

私は横座りの姿勢のまま後ろに手をつき、目の前の男の股間を思い切り蹴り上げた。

「ギィイイヤアアァァァアーーー⁉」

下からの打撃をもろに受けた公子さまは、白目を剥《む》き唾を飛ばして絶叫している。

その隙に鍵を奪い取り、開いたままの戸から出て鍵を閉めた。

鍵が閉まったことをちゃんと確認してから、全速力で階段を目指す。

後ろから激しい怒声が響いて、今になって恐怖が脚を震わせた。

それでも、自分に鞭《むち》を入れて、無理矢理足を動かす。

「きゃっ」

つまずかないよう顔を俯《うつむ》けて階段を上がっていると、ふいに大きな壁にぶつかってよろめいた。

いや壁じゃなくて、動いている。これは人……⁉

——もしかして私、本当にラルフさま以外の人に犯されちゃうの……？

不安の渦に呑まれて身を固くする。

しかしその瞬間、安心するウッディな香りに包み込まれた。

「エミリア、無事かッ⁉」

「ラルフ、さま……？」

逞《たくま》しい腕に抱きしめられて、前が見えなくなる。

期待を込めて顔を上げると、大粒の汗をかいたラルフさまがそこにいた。

「どうして……」

「無事でよかった。巻き込んですまない。やはり俺がついていればよかった」

ぎゅうぎゅうと抱きしめられて、少し苦しい。

でも、不思議と脚の震えは収まった。ラルフさまがいたら、もう大丈夫って思えたから。

「奴に何もされてないか？」

「大丈夫です。少し手首を縛られただけですから」

「手首を？　俺だってまだエミリアを縛ってないのに？　……ちょっと殺してくる」

「へっ⁉　ま、待ってください、ラルフさまっ⁉」

ズンズンと階段を下っていくラルフさまを、後ろから抱きしめて引き止める。

すると不満そうに、「なんで引き止めるんだ」というような視線を投げかけられた。

「ここへは一人で来られたんですか？」

「いいや。ヨーゼフと他の部下が地上で控えている」

「それでは、せめて誘拐犯がフェリクス公子さまだという証拠をお渡ししてから、捕縛してはいかがでしょう」

　地下牢の鍵を、ラルフさまの目の前に差し出す。

「私は誘拐された後、地下牢に閉じ込められました。フェリクス公子さまが鍵を持って牢へ入ってきたので、奪って逃げてきたんです。この鍵にはバルト公爵家の紋が刻まれています。私がこの鍵を持っていることが、証拠に繋がるのではないでしょうか」

「……エミリアすまない。よく頑張ってくれたな。ないとは思うが、万が一鍵を奪い返されたら、お前の努力が無駄になってしまう。公子は地下牢へ閉じ込めたんだろう？」

「はい」

「それではエミリアが言う通り、先に地上へ戻ろう。だが、その前にこれを羽織れ」

　騎士服のジャケットを肩にかけられる。ふわっと落ち着く香りに包まれた。

そういえば私、ネグリジェ姿だった……

「ラルフさま、ありがとうございます」

——地上へ戻ると、ヨーゼフ副団長らが迎えてくださった。私は改めてホッと一息つく。

今まで感覚が麻痺していたけれど、本当は心底怖かったようで、安心した途端に腰が抜けてしまった。王位継承権を持った人を蹴り飛ばすだなんて、随分思い切ったことをしてしまった……

しばらく第三騎士団の馬車で休ませてもらいながら、事情聴取を受けた。

＊＊＊

その後、フェリクス公子は第三騎士団によって捕縛された。

私とラルフさまは、念のため証拠の鍵を持って一足先に王城へ戻ることとなった。

今は、第三騎士団の馬車に乗っているのだけど……

「ラ、ラルフさま？　そ、そろそろ下ろしてください」

「やだ」

「また駄々っ子さんですか？　せめて、お隣に座らせてください」

「それは聞けない願いだ」

ラルフさまは、私をお膝の上に乗せると、後ろからぎゅうぎゅうと抱きしめたまま離さない。

四人乗りの馬車なのに抱っこされるだなんて、まるで小さい子ども扱いのようで……安心する体温が背中から身体に染み渡るけれど、それよりも恥ずかしさが勝る。

「もう、ラルフさま……！　んむっ⁉」

突然、顎を持ち上げて背後を向かされ、言葉を呑み込むようなキスが落とされた。

下唇を喰《は》まれて軽く吸われる。すぐそこに、馬を操る騎士さまがいらっしゃるのに、こんな淫《みだ》らなキスをしているなんて。溢れそうな声を必死に我慢する。

ラルフさまの逞《たくま》しい胸をトントンと叩くと、ようやっと唇が離れた。

「なんだ？」

「も、だめ、聞こえちゃ……っ」

「そんな蕩《とろ》けた顔して、よくダメなんて言えたものだな」

「……見ないで、くださいぃ……」

少しキスしただけで身体に力が入らなくなって、自分の身体を支えられずに、ラルフさまに背中を預けてしまう。

それに、先ほどからお尻に硬くて大きいものが当たっていて、釣られてお腹の奥が疼《うず》いてくる。

馬車の中だというのにどうしようもなく蕩《とろ》けてしまって、羞恥心でいっぱいになる。

「王城に帰って証拠の鍵を王太子殿下に渡したら、今夜は俺の部屋に来ないか」

「だ、ダメです……！　まだきちんと告白できていませんし……！」

「その台詞《せりふ》が告白になっているが？」

クックツと笑うラルフさまのおっしゃる通りすぎて、私は涙目になってしまう。

あまりにも恥ずかしくて、顔を手で覆って小さく叫んだ。

「……っとにかく！　ちゃんとお付き合いするまで、お預けです！」

「こんなに淫《みだ》らなキスはいいのにか？」

「そ、それはお仕事で……！」

顔を隠していた手をラルフさまに捕らわれる。そして意地悪な表情で囁《ささや》かれた。

「それじゃあ、俺の執務室だったら何してもいいってことだよな」

「へっ？」

「お前を抱いて心から安心したい。それにエミリアは、俺のご奉仕メイドだから、いいだろう？」

有無を言わせない強い眼差しにドキドキしてしまう。

──あぁ、心配かけてしまったんだなぁ。

寮の部屋も、窓が割れてしまっているし。臨時で別の部屋を貸していただくにしても、同室のヴェラちゃんは夜勤でいないから、一人でいるのもまだ怖い気がする。

「分かりました。お世話になります」

ラルフさまと向かい合わせになるように膝の上で身体の向きを変え、私からもぎゅうっと抱きつく。きっとラルフさまは、私が一人にならないように提案してくれたのだろう。

相変わらずの優しさに、きゅんきゅんしてしまう。

今度は私から彼に口付けた。

――大好きなラルフさまに、少しでも安心してもらいたい。そんな願いを込めて。

しばらくそのまま、唇がふやけそうなほど深いキスをしていると、馬車が停止した。

王城に着いたのだろう。顔が離れた時、突然ガチャリと馬車の扉が開いた。

「おや、お楽しみ中だったかな？」

「ジーク。ノックくらいしろ」

「ははっ。本当にすっかり記憶が戻ったみたいだね」

扉を開けたのは、ジークハルト王太子殿下のようだった。

私はラルフさまの上に跨《また》がって、ジークハルト王太子殿下にお尻を向けている状態だ。あまりにも不敬すぎて、急いで下りようとするのに、ラルフさまの腕に引き寄せられる。

「エミリアはこのままでいい」

「なんでですか⁉　いくらなんでも失礼ですよっ⁉」

「お前のその顔は、他の男に見せたくない」

「お熱いねー」

茶化すようにそうおっしゃるジークハルト王太子殿下が、正直恐ろしい。

それと同時に、本当にラルフさまのご友人なんだなと、こんな時だけど実感した。

「ほら、ジークが欲しいのはこれだろう。エミリアに感謝するんだな」

バルト公爵家の紋が入った鍵を、ラルフさまが乱雑に投げ渡す。

「ありがとう。エミリア、怖い目に遭わせて悪かったね。褒美を用意するから、欲しいものを考えておいてくれ」

そう言うと、ジークハルト王太子殿下は馬車の扉を閉めた。

ラルフさまが私を横抱きにして呟く。

「用事も済んだことだし、さっさと執務室に行くぞ」

横抱きのまま馬車を降り、ズンズンと歩いて執務室に着くと、そのままベッドへ一直線だった。

お互い性急に衣類を脱ぎ、素肌で抱きしめ合うと、キスして火照《ほて》った身体が更に高まってしまう。

「エミリア、もしも嫌でなかったら、手首を少し縛りたい。あの男の上書きをしたいんだ」

「はい。ラルフさままで上書きしてください」

ラルフさまは先ほど脱いだ下衣からベルトを取り、私の両手首を頭の上で一つに束ねた。

今思えば怖かった拘束も、ラルフさまにされると甘やかで何故か心地いい。

私は今この瞬間、大好きなラルフさまに支配されていると思うと、無性にドキドキした。

「可愛いな。このままどこかにしまっておきたいくらいだ」

どこを触るでもなく、赤い瞳が淫《みだ》らな姿の私を映す。まるで視姦されているような感覚に、じわりと蜜が溢れ、腰が揺れた。

その動きに気づいたラルフさまが、私の脚を広げて秘所を覗き込む。

「やっぱりとろとろだ。もう蜜口もヒクヒクしてるぞ」

「やぁ……。そんな、言わないで、見ないでください……っ」

「エミリア。こうやって俺に支配されるのが好きなんじゃないか？」

「っ、……はい。ラルフさまにされることなら、私、なんでも好きです」

そう言ったらラルフさまが赤面した。片手で自身の顔を覆って小さく呟く。

「その言葉、覚えていろよ」

ラルフさまは耳を赤くしたまま、私の太腿《ふともも》を掴んで秘所に顔を近づけた。敏感な蕾《つぼみ》にキスして、
そのままぺろりと舐められる。

「あぁぁ……っ」

ぞくぞくと心地いい快感が襲ってくる。何度味わっても慣れない強い刺激に、頭がくらくらした。

薄いひだを舌で丁寧になぞって、その上にある蕾《つぼみ》をちゅくちゅく吸ったり転がされる。

そのまま手が伸びてきて、器用に胸の膨らみを揉《も》みしだき始めた。

「っひゃん、きもちいい……あぁあ、んんっ！　っ、同時なんて、だめ……！」

胸の先端を弄《もてあそ》ばれると、二ヶ所同時に気持ちよくなって、すぐに絶頂感が近づいてくる。

「やあっ。あ、あ、イク、イッちゃう……っ！」

一瞬視界が真っ白になり、背中にぞくぞくと快感が弾けて駆け抜けた。降りかかる快感に耐えた

いのに、拘束された手ではシーツを握れず宙をかく。

呼吸が速くなって息が乱れた。

自由にならない手がもどかしくて、でも背徳感もあって、どんどん息が上がる。

すると、そんな私を追い込むように、男根が蜜壺に侵入してきた。

「ひぁっ⁉　いきなりっ」

とっても大きくて太くて圧迫感がすごいけれど、すっかり彼の昂《たかぶ》りを受け入れられるようになっている。むしろ奥の奥に届いて気持ちいい。

引き抜くたびにカリ首が引っかかって、浅いところでも苦しいほどの快楽をもたらす。

「んぁ、っすごい。……あ、あ、あっ」

ラルフさまが私の善《い》いところを念入りに突き上げる。

こうやって縛られたまま抽挿を繰り返されると、ラルフさまにすごく求められている感じがする。

なんだか私はいつもよりも興奮しているようで、彼を更にぎゅうぎゅう締めつけてしまった。

「っく。そんなに締めるな」

「ああっ、だ、だって……」

「ダメだ。一回、出すぞ」

腰を両手で押さえられて抽挿が激しいものになると、また絶頂感が近づいてくる。

「んあ、激しっ！　あ、ぁ、私も……っ！　ひゃあ、イッちゃう……っっ」

蜜壺の奥に熱い液が注ぎ込まれ、全身に甘くて鋭い快感が広がっていく。

一度達した後は拘束を外されて、何度も何度も、全身にキスの雨が降った。

意識を手放すことを許されず、私たちは互いの存在を確かめ合うように再び交じり合う。

私はフェリクス公子に誘拐されたことなどすっかり忘れて、ラルフさまからの愛撫で、身も心も幸せでいっぱいになった。

# 第八章　ネモフィラ畑で重なる影

フェリクス公子が申し込んだ決闘は中止になった。フェリクス公子は、誘拐罪及び反逆罪の疑いで、近く投獄されるそうだ。

決闘が行われるはずだった時間に、ジークハルト王太子殿下から、ラルフさまと一緒にお呼び出しがかかった。

「ジークハルト王太子殿下にご挨拶申し上げます」

「ああ。エミリア、堅苦しいことはしなくていいよ。面《おもて》を上げて」

私はカーテシーを、ラルフさまは騎士の礼をしていたが、声をかけられて姿勢を楽にする。

ラルフさまに連れてきてもらったここは、王太子殿下の執務室だ。一つ一つの調度品が見るからに高級で、ふわふわすぎるソファも緊張する。

「改めてエミリア。恐ろしい目に遭わせてしまって悪かった。寮に戻る際につけていた護衛は俺が手配した者だったからね。今ちょうど鍛え直しているところだよ」

「とんでもないことでございます。まさか窓から侵入されるとは、誰も思わなかったでしょうから」

「いいや。そもそも王城にネズミが二匹も入り込んでいる時点で論外だ。王城の警備を担当する第一騎士団の中に内通者がいたと考えられる。厳格に調査して処分するから、その点は安心してくれ」

「はい。ありがとうございます」

ネズミが二匹とは、きっと誘拐した実行犯のことだろう。

見た目が絵本に出てくる王子さまなのに、結構辛辣《しんらつ》な物言いで少しびっくりしてしまう。なんとなく他国へ嫁がれたミシェル第一王女殿下との血の繋がりを感じた。

「ああ、それと、寮の修理代を含め、バルト公爵家には相当額の賠償金を払わせるつもりだ。もちろんほとんどがエミリアの取り分だけどね」

ジークハルト王太子殿下は、爽やかな笑顔で「具体的にはこのくらいぶん取って……七割くらいはエミリアの取り分かな」などと不穏なことを呟きながら、紙に金額を書きつけている。

――ひいい、ちらっと見えた桁が咄嗟には数えきれないくらい多くて、恐ろしいよぉ……

そこで、紙を覗き込んだラルフさまが口を開いた。

「ジーク、何冗談を言っている。桁が少なすぎるだろう。エミリアはあんなに怖い思いをしたんだ。バルト公爵家の資産全て取り上げても足りないくらいだ。な、エミリア？」

「ら、ラルフさま！　それはやりすぎです！」

必死に抵抗するが、「何故だ？」という顔をされる。

――いやいや、ちょっと待ってほしい！　ジークハルト王太子殿下の提示した金額だけで、うち

の男爵邸を建て替えられるどころか、もう一軒、豪華なお屋敷建てられちゃいますけどっ⁉

「まぁそれはまた追々考えるとして……。エミリア、俺からの褒美は何が欲しいか決まったかな？」

「あ、欲しいものですか……」

そういえば、王城に帰ってきた時におっしゃっていたなぁと記憶を巡らす。

その時ラルフさまを跨《また》いでいるところをばっちり見られてしまったんだった……と思い出して、顔が熱くなっていく。

それでもジークハルト王太子殿下に、きちんと受け答えしなくちゃ。

——あっ！　私の欲しいもの、思いついたっ！

「あの、もし可能でしたら、私はランドルフ団長の休日が欲しいです！」

勇気を出して言ってみたが、少しの沈黙が流れる。

もしかして難しいことを言ってしまったかと心配になった頃、ジークハルト王太子殿下が突然笑い出した。対してラルフさまは少し顔を赤くし、額を押さえていらっしゃる。

「エミリア、そんなことでいいのかい？　俺なら大体のことを叶えられるよ。例えば王族の侍女になりたいとか。王都で一番人気のデザイナーのオーダーメイドドレスが欲しいとか。男爵領を支援して父親の爵位を上げてほしいとか、豊かな領地が欲しいとか」

「い、いいいえ！　素敵なご提案ですが私の手には余ります。それに今一番したいことは、ランドルフ団長とデートすることなのです！」

「ははっ。ランドルフよかったな。こんな健気《けなげ》な子は、他にいないよ」

「……っ」

ラルフさまは、ひどく照れてしまわれた。わずかに罪悪感を覚えつつも、欲しいものが他に思いつかなかったのだから、仕方あるまい。

働き詰めのラルフさまにちゃんと休んでほしいし、何よりデートしてきちんと告白したいもの！

「分かった。俺がランドルフとのデートに全力で協力するよ。そうだ、離宮でデートはどうだい？あの場所は特別で、ネモフィラが春だけではなく夏にも咲く。だから今がちょうど満開で見頃なんだ。きっとエミリアも気に入るんじゃないかな」

「わぁ、素敵ですね。しかし離宮は、王族の皆さまが使われる場所なのではないですか……？」

「数日くらいなら全く問題ない。離宮はなんでもひと通り揃っているから手ぶらで構わないよ」

「そ、それは、恐れ多すぎます……！」

「俺の顔を立てて？　エミリアは、長年の俺の悩みを解決してくれたんだから」

「そうだぞエミリア。フェリクス公子は、学園時代からそれはもう何かと敵対してきて、ジークも疲労困憊《こんぱい》していたな」

二人の圧が強い。その勢いに呑まれて、私はジークハルト王太子殿下の提案に頷いてしまった。

それからあっという間に話がまとまり、明日出発することになった……のだけど、ジークハルト王太子殿下には終始、ラルフさまも私もたくさん揶揄《からか》われた。

「本当はもっと何週間もお休みをあげたいところだけど、ランドルフにやってもらわなくちゃいけないことが多くてね。新婚旅行の時には長期休暇を与えてやるから許してくれ」

「し、新婚旅行っ⁉　で、殿下、気が早すぎますっ‼」

熱を持った頬を手で扇いでいると、ジークハルト王太子殿下がまた大きく笑う。

「おい、やめろ。エミリアをいじめていいのは俺だけだ」

「ははっ。すまない、つい可愛くてな。――しかし安心しろ。新婚旅行より前に、またすぐに休暇をやれるはずだからさ」

「それは助かる。ありがとう、ジーク」

そこからは普通の雑談が始まり、私は胸を撫で下ろした。

それにしても、まさか離宮に二泊三日でお泊まりさせてもらえるなんて、世の中何が起こるか分からないものだなぁ。

離宮はどんなところだろうと考えていると、心配事を一つ思い出した。

これはジークハルト王太子殿下に聞くことじゃないかもしれないけれど、ずっと不安に思っていたから、図々しくも聞いてしまおう。

「ジークハルト殿下。恐れながら一つお伺いしてもよろしいですか？」

「ああ、何かな」

「ずっと心配していたのですが、私の寮の同室だったヴェラ・タールヴェルクは今どちらで過ごしているかご存じでしょうか」

「ああ。ヴェラなら、王都に住んでいる婚約者の屋敷に移動しているから安心して」

「っ！　そうだったのですね。ならばよかったです。安心しました」

彼と一緒に過ごしていると聞いてかなりホッとした。

って、あれ。ということは、今後私はどこで生活すればいいんだろう？　まあでも、寮に空いている部屋はあるだろうから、窓の修理中はそこを使わせてもらえば大丈夫かな。

小さな心配を放り投げて、私は明日からのお泊まりデートに胸を躍らせた。

＊　＊　＊

翌朝、王城を出発して数時間が経過した頃。

もうすぐ到着だと言われて馬車の中から窓の外を眺めていると、緩やかな上り坂を抜けた途端に、澄んだ蒼《あお》い花畑が視界いっぱいに広がった。

「わあ、すごい！　これがネモフィラ……！」

「ああ、綺麗だな」

王都の外れにある離宮は、昔の王弟殿下が寵妃《ちょうひ》と過ごすために建てられたそうだ。

ラルフさまのエスコートで馬車を降りると、その寵妃《ちょうひ》が愛したという、小さく可憐なネモフィラが丘一面に広がっていた。

ネモフィラの一株一株が見事に満開で、以前ラルフさまと見た蒼《あお》い海のよう。

「きれい。――ラルフさま、あちらに離宮が見えますよ！」

小川沿いに建てられた離宮が、見事に自然と融合している。白亜の外壁に青色の屋根が、庭園のネモフィラとよく合っていた。美しいけれどどこか素朴さも感じる景色が、なんだか落ち着く。

ここは避暑地らしく、王城よりも心なしか涼しい。

「あ！　こっちには噴水がありますよっ！」

「エミリア、転ぶなよ」

「……えへへ、失礼しました。ご心配ありがとうございます」

つい浮かれてしまっている私が危なっかしく見えたのか、ラルフさまが手を差し出してくださった。迷いなく手を添えると、大きな手で包み込まれる。なんだか無性に温かくて心がむずむずする。

ネモフィラ畑を歩いて小橋を渡り、離宮に到着した。使用人の皆さんが、一斉にお辞儀をして迎え入れてくださる。

……私は偉い身分でもないのに、なんだか恐縮すぎる……っ！

にこやかな笑みを浮かべる代表の執事長らしき人物が、一歩前に出て口を開いた。

「ランドルフさま、エミリアさま、お待ちしておりました。私は執事長のフォルカーと申します。ご滞在の間はごゆるりと過ごせますよう心よりお仕えいたしますので、どうぞよろしくお願い申し上げます」

「ああ。三日間、よろしく頼む」

流石《さすが》、次期侯爵さま。使用人によく慣れていらっしゃる。

私は内心おろおろしてしまって、微笑みを浮かべているだけで精一杯だ。

宿泊する客室に案内されると、白と青を基調とした、豪華ながらもどこか落ち着くお部屋だった。

「わあ、素敵なお部屋」

ベッドカバーにはネモフィラ柄の刺繍《ししゅう》が施されていて、非常に可愛らしい。

しかし大きなベッドは一つしかない。ここでラルフさまと二泊三日を一緒に過ごすと考えると、顔が熱くなってくる。

「エミリアさま。もしよろしければ、お召し替えをなさいますか？　ジークハルト王太子殿下から、離宮のドレスを好きにお召しいただくよう申し付かっております」

「エミリア。行ってきたらどうだ」

――確かに、これから告白をするのなら、着替えたいかもしれない。

ラルフさまの言葉に後押しされ、私は侍女の方に頷いた。

「はい。それではせっかくですので、お言葉に甘えさせてもらいます」

「ではこちらへ」

「ありがとうございます」

そうして案内されたのは、果てしなく広いウォークインクローゼットだった。ひと部屋ほどの面積がある。こんなにたくさんの衣類を保管するのは大変だろうなぁと、ついメイド目線で考えた。

「エミリアさま。どのようなドレスがよろしいか、ご希望はございますか」

「そうですね……。この後またネモフィラを楽しむお散歩をしたいので、身軽なドレスがいいです。できれば風景に合いそうな、青か白を基調にしたものがあるといいのですが……」

「かしこまりました。そちらにおかけになって、しばらくお待ちくださいませ」

これまたふかふかなソファに腰かけると、侍女の方がドレスを見繕《みつくろ》ってくださる。

「お待たせいたしました。こちらのドレスはいかがでしょうか」

並べられたドレスはどれも素敵で、できるなら全部着たいくらいだった。

一つ目はレースとフリルが可愛い真っ白のドレス。二つ目はスカートにネモフィラの刺繍《ししゅう》が入ったドレス。三つ目は白と水色のチェックのドレス。

「うーん。……悩みますが、この刺繍《ししゅう》入りのドレスにします」

「承知しました。それでは、お着替えをお手伝いいたします」

選んだ二つ目のドレスは、水色のトップに白いふわっとしたシフォン生地のスカート。可憐ながらも、動きやすそうなデザインだった。

ジュエリーも選んでいただいて、上品な帽子とレースの手袋、サファイアのネックレスをお借りした。落としたりしないように気をつけなければと、妙に緊張する。

最後にヘアメイクなのだけど、侍女――アデリナさんが、すごい腕を持っていて、尊敬……っ！

「わぁ！　アデリナさん！　ありがとうございます！」

「喜んでいただけて光栄です」

完成した自分の姿を鏡で見て、本当にもう驚いたっ！

私が私じゃないみたいに、すっごく高貴な女性に見える……!!

ちなみにお名前は、メイクをしていただいている時にちゃっかり伺った。ヘアメイク中にその手腕を勉強させていただこうと真剣に眺めていたら困らせてしまったのは反省だ。

――さて、これからラルフさまに想いを伝える。

ものすごく緊張するけれど、綺麗に飾り付けていただいたおかげでなんだか自信が出てきた。

レースの日傘を差しながら庭園のガゼボへ案内されると、既にラルフさまがお茶を嗜《たしな》んでいた。

彼も着替えをしたようで、白いシャツに薄手のジャケットを羽織った、ラフな格好をしていらっしゃる。

移動中にも思っていたけれど、騎士服でない時も普段とはまた違う格好良さがある。海へ出かけた時も素敵だったし、今回の格好もとてもお似合いすぎる……っ！

私が見惚れている視線を感じたのか、ラルフさまがこちらを振り返り、何故だか一瞬動きが止まった。しかしすぐに立ち上がって、少し早歩きでこちらへ向かってくる。

「エミリア、すごく可愛い。綺麗だ」

「ありがとうございます。ラルフさまも素敵です」

そんなに熱い眼差しで褒められると、こちらにまで伝染して、顔が熱くなってしまう。

ラルフさまにエスコートされてガゼボの席に着く。こういった身のこなしが様になるところも本当に素敵……！

——ふう。これから告白するのよね。緊張してきた。

執事さんが私の前にもお茶を運んでくださって、ふわりと気分がやすらぐいい香りがした。この香りはカモミールティーだ。

緊張している私を気遣ってお茶を選んでくださったのだろうか。ありがたい限りだ。

執事さんが下がり、ガゼボ内は、いよいよ二人きりになる。

ああ、心臓がドキドキして煩《うるさ》い。ラルフさまに聞こえてないか心配なくらいだ。

「ラルフさま……」

「エミリア」

いざ声を出すと、ラルフさまと言葉が重なってしまった。

「ふふっ。私から言ってもいいですか？」

「ああ」

ラルフさまは、穏やかに頷いてくださった。その綺麗な赤い瞳を見つめる。

憧れのメイドを志した結果、ラルフさまに出会えて、私は幸運だ。

ミシェル殿下からいただいた勇気を振り絞って、想いを声に乗せる。

「ラルフさま。好きです。お慕いしています。お返事が遅くなってしまって、申し訳……っきゃ！」

いつの間にか満面の笑みでこちらに近づいたラルフさまが、私を抱き上げて喜んでいる。

「俺もエミリアのことが、堪《たま》らなく好きだ。愛してる」

地面に足が着いたかと思うと、ラルフさまが跪《ひざまず》いて私の手を取った。

どうしたのかと首を傾げると、薄い唇が開く。

「エミリア・レッツェル男爵令嬢、俺の妻になってくれないか」

「っ!!」

その真剣な眼差しがとんでもなく嬉しくて、でも少し不安で、だんだんと視界がぼやけてくる。

「うちの男爵家は、貧乏ですよ」

「ああ、知っている」

「身分の差もあるし」

「そんなのどうにでもなる」

「持参金も……」

「エミリア」

「っ、はい」

「全部ひっくるめてお前が愛おしい。――お願いだ、どうか頷いてくれ……」

こんな私に懇願してくれるラルフさまに、とうとう涙がぽろりと零れた。

ラルフさまは、本当に私のことを好きで好きで仕方がないって顔をしている。

いけない。答えは一つしかないのに、また臆病風に吹かれてしまった。

……私は大きく息を吸って、言葉を紡《つむ》ぐ。

「ラルフさま。私でよろしければ、結婚してください」

「っ！　エミリア」

彼が立ち上がって私を包み込む。やっぱりこのお方の腕の中が、私の居場所だと実感する。

逞《たくま》しい胸板に手を添えて、彼を熱っぽくを見つめた。

「ラルフさま、好きですっ」

「ああ、知っている」

「この香りも、この体温も。意地悪で優しいところも大好き」

顎に手を添えられ、整った綺麗なお顔が近づく。

触れるだけのキスはなんだか新鮮でくすぐったい。

「やっとエミリアが手に入った。夢みたいだ」

「ふふっ。私も夢みたいです。ラルフさまが、私の旦那さまになるだなんて」

泣きながら笑うと、涙を指で優しく拭われた。

「幸せにする」

「はい。一緒に幸せになりましょうね」

彼を抱きしめる腕の力をぎゅっと強める。

そしてお互い惹かれ合うように、また触れるだけのキスをした。

しばらくラルフさまの胸の中でうっとり夢中になって抱き合いキスしていたら、とある重要なことを思い出した。

「――あ！　そうだ！」

「ん？　なんだ」

甘やかな低い声が異様に優しくて、ドキドキが再燃する。

しかし浮かれている場合じゃない。私には任務があったのだ。

「ミシェル殿下から、ラルフさまへお手紙を預かっていたのです。ラルフさまに告白したら渡すようにと言われていました」

「なんだそれ、怖いな」

「ふふっ。大丈夫ですよ。……たぶん」

部屋に置いてきた手紙を取りに行こうとすると、後ろに控えていた侍女のアデリナさんに止められた。彼女がわざわざ部屋まで取りに行ってくれるという。なんだか申し訳ない。

その間に、執事さんがすっかり冷めたお茶を淹れ直してくださった。至れり尽くせりである。

「お待たせしました。こちらでよろしいでしょうか」

「はい。アデリナさん、ありがとうございます」

ミシェル殿下からの手紙とペーパーナイフを受け取り、ラルフさまにお渡しする。

「……開けるぞ」

「お願いします」

いつも見ているはずなのに、お手紙を開ける手のゴツゴツ感や、長くて骨張った指がやけに色っぽく感じてまた見惚れてしまう。

便箋を取り出して読んだ彼は、何故かうっすら笑った。

「エミリア、よかったな。早い結婚祝いとして、俺たちに王都の屋敷を与えてくれるみたいだ」

「え、ええっ⁉」

や、屋敷って気軽にプレゼントするものなの⁉　規模が大きすぎる……‼

渡された手紙に目を通すと、ミシェル殿下らしい文章が綺麗な文字で綴《つづ》られていた。

『ランドルフへ
前略　魔物討伐では大変だったわね。

もうお加減はよろしいのかしら。逞《たくま》しいランドルフのことだからきっと大丈夫でしょう。

それより、当然エミリアと結婚するわよね。わたくしは嫁いで直接お祝いを渡せないかもしれないから、早めの結婚祝いに王都の屋敷をあげるわ。

貴方《あなた》が記憶を失っている間にもう手続きは済んでいるの。地図と権利書は同封してあるから。

もちろんリンデンベルク侯爵家のタウンハウスがあるのは知っているけれど、そこじゃ二人っきりにはなれないでしょう？

わたくしはもう使わないから、内装も外装もお庭もエミリアの好みに改装しなさい。これは命令よ。

それでは二人ともどうかお幸せに。わたくしも負けないくらい幸せになるわ。

草々』

「ミシェル殿下ったら、相変わらずお仕事が早くていらっしゃる……」

「エミリアの寮の部屋は使えないからタウンハウスに連れていこうと思っていたが、ちょうどいいな」

「えっ!?　そうだったんですか!?」

「当たり前だ。あんな事件はそうそうないだろうが、もう俺の大事な人は近くに置いて守りたいんだ。王都に戻ったら一緒に暮らそう」

「っ、はい！」

ラルフさまと一緒に暮らせるなんて嬉しい……！

ラルフさまにも、周りの方々にもものすごく大切にされている実感が湧いてきて、なんだか多幸感で胸がいっぱいだ。

私はふわふわと浮かれる心を落ち着かせるために、ネモフィラを見たいと彼をお散歩に誘った。

「エミリア」

「ふふ、はいっ！」

腕を差し出されたので、ぎゅっとしがみつく。

すると、思ったよりも距離が近くて、そっと離れようとすると腰を掴まれた。

「なんで逃げようとするんだ」

「……だって、思ったよりも距離が近くて……！」

「はぁ、可愛い」

そう囁《ささや》かれ、おでこにキスが落とされる。

ラルフさまがまるで宝物を見つめるように、私を赤い瞳に映して、優しく目を細めた。

その甘すぎる仕草に堪《たま》らず、瞼《まぶた》をぎゅっと瞑《つむ》った。

このお方のことで頭がいっぱいで、全然ネモフィラが視界に入ってこない。

思わず立ち止まり、両手で顔を隠して悶《もだ》えると、耳元に穏やかな低い声が囁《ささや》かれた。

「――エミリア、抱きたい」

「ひぇっ、ラルフさま!?」

「もう、いいだろう?」

「ま、待って」

腰を掴んでいた手が膝の裏に入り、突如身体が宙に浮いた。横抱きにされて、大股でズンズンと離宮の建物へ進んでいく。

すれ違う使用人の方々が動じずに頭を下げて道を開けてくださるのも恥ずかしい。

あっという間に離宮に入り、与えられた客室のベッドへと下ろされる。

「こ、このドレス！　ジュエリーも、全部お借りしてるものなので……っ」

「分かった。丁寧に脱がそう」

まず帽子と手袋を脱がされ、サファイアのネックレスも丁寧に外された。それらをそっとベッドサイドテーブルに載せる。

今度は跪《ひざまず》いてパンプスを、そして器用にドレスも下着も全て脱がされてしまった。シワにならないようにきちんと掛けてくださって、それもそれで気恥ずかしい。

「エミリア、綺麗だ」

「ラルフさまのほうが綺麗です」

「何を言ってるんだ。さっきの着飾っているのもよかったが、何も纏《まと》わない姿は俺の目にしか映らないと思うと堪《たま》らないな」

ラルフさまにそっと押し倒されて、背中に滑らかなシーツが触れる。

耳をなぞるように指で弄《もてあそ》ばれると、ほのかに甘い痺《しび》れが広がった。

「ひゃあっ」

「耳も気持ちいいのか？　エミリアは本当に感じやすくて可愛いな」

「だって……！　ラルフさまが触るから、気持ちよくなっちゃいます……っ！」

「……またそうやって……っ」

耳たぶを喰《は》まれ、淫《みだ》らな音がちゅくちゅくと頭に響く。これからくるであろう快楽に期待して、ぞくぞくと身体が震えた。自然と手が繋がれ、指同士が絡み合う。

「んぅっ」

そのまま舌が降りてきて、首筋を通過し、鎖骨に沿うように舐める。

ラルフさまに触れられるところ、全部が熱くなって蕩《とろ》けていく。

鎖骨を強く吸われて、赤い印がついた。首筋も移動しながら音を立ててキスされる。時折甘噛みをされて、また強く吸われる。それは独占欲を満たす行為のようで、恥ずかしいけれど愛おしい。

込み上げてくる想いと共に、繋いだ手をぎゅっと握った。

「ふふっ。そんなに痕《あと》をつけなくても、私は全部ラルフさまのものですよ」

「そんなの当たり前だろ。誰にも渡さない」

「ではなんで、こんなに痕《あと》を……？　ふふっ、もう。また」

「俺も案外浮かれているのかもな」

ラルフさまの頭を撫でると、猫みたいにすり寄ってくる。

私もすごく浮かれてしまったけれど、ラルフさまも同じ気持ちだったなんて……

——あぁ、頬が緩んでしょうがない。

「私、ラルフさまをいっぱい幸せにしますね」

「それは俺の台詞《せりふ》だ」

執拗《しつよう》に赤い印をつけていた薄い唇が、私の唇に重なる。

首に腕を回すと、どんどん深いキスになった。咥内《こうない》の至るところを舌がなぞる。

頭がぼうっとしてきた時に、胸への強い刺激で快感が背中を走った。

「んああっ」

喘《あえ》いだ瞬間、唇と繋いだ手が離れて少し寂しく思うけれど、胸を揉《も》みしだかれて余裕が失われる。

時折先端を転がされ押し潰されて、そのあまりに甘美な刺激にどんどん蕩《とろ》けていく。

「っ、ああ……っ、ひゃあ！」

胸にラルフさまの顔が近づき、期待で既に膨れている中央の突起をぱくっと喰《は》まれた。

ちゅうちゅう吸って、舌で転がされ、時折優しく歯を当てられる。強い刺激に耐えるように、私はラルフさまの頭を抱えた。

「あ、あぁっ！　ラルフさまぁ！　きもち、んぁ……っ！」

「もっと善《よ》くなれ」

「んあ、あっ、イッちゃ……！　ひゃああっ！」

信じられないことに、胸の先に熱が強く灯った瞬間、瞼《まぶた》の裏に白い星が飛んだ。……まさかここで絶頂できるなんて知らなかった。

ラルフさまが愛おしそうに微笑んで、私の顔を覗き込む。

「胸だけでイッたのか？」

「んっ、イッた……！　イッたからぁ……っ！」

あっという間に達してしまったけれど、両胸の刺激はやまない。

今度は意地悪そうな顔で、熱に浮かされている私の反応を見ている。

「またイッちゃ……！　だめっ、きゃあああん」

快感に耐えきれなくて目をぎゅっと閉じると、また瞼《まぶた》の裏に白い星が飛ぶ。

息が上がって、苦しいくらいだ。

「だめだ。可愛くて、休ませてやれない」

「ひえっ」

「ここもぬかるんで、シーツを汚してるぞ」

「やあ、だって……」

下着も纏《まと》っていない秘所を覗かれる。続けて胸で達してしまった私の蜜口は、とろとろに蜜が溢れているだろう。ラルフさまに触れられてから、お腹の奥もずっときゅんきゅん蠢《うごめ》いている。

「ここも、触ってほしそうにぷっくり膨らんでいるな」

「やっ、言わないで、くださいい……っ」

蜜口に二本の指があてがわれる。蜜を纏《まと》わせた彼の指が蕾《つぼみ》を挟んで、淫《みだ》らな水音を立てながら容赦なく擦《こす》り上げた。

「あうっ！　んあああ……！　それ、すごいぃ……っ」

あまりにも激しい快楽に、もう何も考えられない。

「きゃんっ、もうだめ、またイッちゃ……っ！　あ、あぁ、ラルフさまぁ……っ」

「たくさんイけ」

「っ、だめ、ひゃああ……っ」

胸で達するよりも深く絶頂して、腰がガクガクと震える。

まだ蜜壺に何も入れていないのに、奥が彼を欲しがって蠢《うごめ》いている。

ぐったりしていると、ラルフさまが勢いよく起き上がり服を脱いだ。

いつもながら、筋肉の凹凸が美しくて目を奪われる。

「そんなに見るな」

「だって綺麗で……！」

「だから、綺麗なのはエミリアだろう？」

少し照れたように、触れるだけのキスを落とされる。そんなラルフさまが愛おしくて堪《たま》らない。

服を脱ぎ終えると、大きすぎる昂《たかぶ》りがあらわになった。

おへそにつきそうなくらい反り上がっていて、よくこれが自分の中に挿入《はい》るなぁと改めて思う。

しかし、すっかりラルフさまの形に変えられた私の蜜壺は、これを待ち望んでいるのだ。

「ラルフさま、もう欲しいの」

「ああ。俺も限界だ」

私が自ら脚を広げると、腰を押さえられて力強く男根が打ち込まれる。

「ん、んん……、あああぁ……っ！」

相変わらず圧迫感がすごいけれど、私の中はすぐに呑み込んで歓喜し、その瞬間に軽く達してしまう。それと同時に、ふしゃあと潮が噴き出て、またラルフさまのお腹を汚してしまった。

「よく潮を噴くようになったな」

「うぅ、ごめんなさい……っ」

「謝ることはない。むしろそれほど気持ちよくなっているエミリアに、心底興奮する……」

脚を持ち上げてラルフさまの肩の上に置かれたのを合図に、激しい抽挿が始まる。

角度が変わって、奥の気持ちいいところをぐりゅっと擦《こす》られるたび、快楽の波が襲い掛かった。

「っエミリア、愛してる」

「んぅ、あ、あ、わたしもっ……！」

縋《すが》り付くように指と指を絡めると、ますます奥の奥まで熱くて硬いものが届く。

突かれた時の壊れそうなほどの甘い痺《しび》れと、引き抜かれた時の快感に酔う。

――あぁ、ラルフさまの形が分かるくらい、中を締め付けてしまう。

「っく。そんなに締めるな」

「あんっ！　だって、ラルフさまぁ……」

ふと動きが止まり、ラルフさまが小さく息をついた。

「持っていかれそうになった」

私はその間に必死で息を整える。けれど、腰は刺激を求めて揺れ動いてしまう。

絡んだ指を解かれて、揺らめく腰を両手で掴まれた。

「エロい腰だな」

「ひんっ」

繋がったまま腰を持ち上げられて、背中が浮く。

くるりとひっくり返してうつ伏せにされて、そのまま獣のような抽挿が再開した。

「あ、あ、あぁっ、すごいぃ……っ！」

さっきまでと当たる場所が変わって、こちらもまた蜜壺が喜んで収縮する。

「ダメだ、もう出すぞ」

「ひゃぁ！　あ、あ、あ……！　イッちゃぅ……っっ！」

今までで一番激しく腰を打ち付けられ、最奥に熱いものが放たれた。

男根がどくんどくんと脈打って吐精する感覚に、私もまた達してしまう。

快感がさざなみのように絶えず襲ってきて、甘い痺《しび》れが収まらない。

ぐったりと枕に埋めていた顔をなんとか持ち上げ、ラルフさまの姿を眺めようと頭だけで振り返ると……下腹部の昂《たかぶ》りが未だに熱を持っていた。

「ら、ラルフさま……？」

「両想いになったからには、もう我慢はしなくてもいいよな」

「ひえっ」

腕を引いて抱き起こされ、甘いキスを落とされる。

——いや、この前も我慢していませんでしたよね……？

「今日は俺の気が済むまで付き合ってくれるか」

「っ、望むところです」

負けず嫌いな私は、果敢にラルフさまに挑んだけど結果惨敗。とろとろに蕩《とろ》かされて、昼から夜になって、夜が更けても解放されず、抱き潰された。

＊　＊　＊

お泊まりデートの一日目は一日中抱き合い、何も食べずに気絶したように眠って、起きたのは翌日のお昼だった。

珍しくラルフさまよりも早く起きたようだ。身体やシーツがさらさらしていて、昨晩の形跡は残っていない。誰が清めてくれたのか分からないけれど、すごく恥ずかしい。

隣でまだ眠っているラルフさまにくっつくと、彼の体温で心まで温まる。

情事の途中で水分は補給できたけれど、流石《さすが》に空腹だ。

しかし指一本動かすのも億劫《おっくう》なほど、身体がしんどい。普通の運動をした後とはまた違った独特の疲れに、ベッドから起き上がれないでいた。

できることといえば、ラルフさまを観察することくらい。

綺麗なお顔をぼんやり眺める。目を閉じているからか、いつもよりも睫毛《まつげ》が長く見える。鷲鼻《わしばな》が凛々《りり》しくて、薄い唇が色っぽい。

艶《つや》やかに輝く黒髪に触れたくて、疲れた身体に鞭《むち》を打ってそっと手を伸ばし――何やら違和感を覚えた。

なんだろうと目の前に手を掲げると、左手の薬指にきらきら光る大きなダイヤモンドのような宝石のついた指輪がはめられている。

「わあ……！」

あまりに綺麗で息を呑むと、横から声がかかった。

「気に入ったか」

「ラルフさま……！　こ、これは……っ!?」

「婚約指輪だ」

私のためにこんな素敵な指輪を用意してくれていたなんて……

あまりの感動に、ぶわっと涙が溢れる。

「エミリアはよく泣くな」

「ううっ、うれじくって……！　っありがとうございます！　だいせつにします……！」

「ああ」

赤い瞳がひどく優しくて、こんな素敵な人と結婚するんだと思ったら幸せで、また涙が流れる。

ラルフさまは私が泣き止むまで、ずっと愛おしげに髪の毛を梳《す》いてくれた。


窓から穏やかなそよ風が吹き抜ける。

ネモフィラは相変わらず可憐に咲き誇っていて、宿泊する客室からもよく見える。

ベッドでごろごろしたら身体がいくらか回復したので、食事をいただくことになった。

窓辺のテーブルに、ブルーベリーとホイップクリームがたっぷり載ったパンケーキが運ばれた。

このパンケーキは、離宮を建てた昔の王弟の寵妃《ちょうひ》がよく召し上がられたレシピだそうだ。

ラルフさまには、チキンの香草焼きにパンと野菜を添えたプレートが配膳された。

――あぁ、チキンの香草焼きも美味しそう。

「甘いものを食べるのは久しぶりなのでとっても嬉しいです！」

「よかったな。早速食べるか」

「はい！」

フォークとナイフを手に持ち、パンケーキを一口大に切り分ける。パンケーキはふわふわで弾力があり、わくわくが止まらない。

ブルーベリーソースを絡めてぱくっと一口頬張ると、甘酸っぱいソースともちもちの生地が極上の美味しさだ。自然と口角が上がる。

「んーー!!　幸せな味ですっ!!」

「ははっ」

私の顔を見て笑ってくださるラルフさまにきゅんとする。王都に帰ったら一緒に暮らすことになるけれど、幸せすぎて私おかしくなっちゃうんじゃないかしら……!?

ラルフさまはお肉を切り分けると、こちらをじっと見つめた。

「エミリア、口を開けろ」

「？　はい」

私の口の中が片付くのを待っていたらしい。チキンの香草焼きが私の口に運ばれる。

こ、これは！　カップルがやるイチャイチャの代名詞である〝あ～ん〟なのではっ⁉

思いがけないイチャイチャに、口を動かしながらも、顔がぼっと熱を持つ。

「うまいか？」

「美味しいです……っ‼」

恥ずかしさと嬉しさで感情がごちゃ混ぜになっている中でも、王族が雇うシェフの腕は確かで、しっかり味わえた。

口の中に入った瞬間からハーブの香りがふんわり広がって、齧《かじ》ると皮目がパリパリ……！　お肉も素材がいいのだろう、ぷりぷりの弾力に、ほっぺたが落ちそうだった。

食事を終えるとテラスに移動し、二人きりで紅茶をいただく。

空いた左手はラルフさまに握られて、薬指の婚約指輪を親指で弄《もてあそ》ぶように触られている。少しくすぐったくてくすくす笑っていると、ラルフさまが呟いた。

「エミリア、言うタイミングを逃していたんだが、記憶を失っても変わらず笑顔で相手をしてくれて嬉しかった。あの時は世話になった。ありがとう」

「当たり前じゃないですか。私はランドルフ団長の専属ご奉仕メイドなんですから！」

なんだか色々ありすぎて、ラルフさまが記憶を失ったのが、かなり遠い昔のことのように思える。

意識なく帰還された時も気が気じゃなかったし、『お前は誰だ?』って言われた時は心臓が止まるかと思ったけれど、意識も記憶も戻って、本当によかった。

「記憶を失ってもすぐにまたエミリアのことを好きになった。俺はエミリアじゃないと駄目みたいだ」

ラルフさまが私の手を大切そうに両手で握る。綺麗な赤い瞳と目が合った。

「愛してる、エミリア。人殺しの俺が幸せになっていいのかと葛藤もあったが、エミリアだけは手放せそうにない」

「ラルフさま……っ！」

席を立って、ぎゅっとラルフさまを抱きしめる。

――彼が話しているのは恐らく五年前の戦争のことだ。

私はその時十三歳。騎士団と魔道師だけで短期間で戦勝したのもあって、領地は戦火に巻き込まれず、どこか遠い国で起こっていることのように感じていた。

しかし、その戦争でラルフさまは、平和を取り戻すために命懸けで頑張っていたのだ。その心の傷は今もまだ膿《う》んでいるのかもしれない。

あの時、子どもだったとはいえ、ぼんやりしていた自分が恥ずかしい。

せめて、その膿《うみ》を癒《いや》し、寄り添って差し上げたい。

私は抱きしめる腕の力を強めて口を開いた。

「どんなラルフさまでも幸せになる権利はあります！　たとえ戦争で人を殺めたとしても、相手が苦しまないように心を配ったことは女神さまも分かっているはず。我が王国を勝利に導いた貴方《あなた》さまは立派な英雄ですよ。私はラルフさまのことを心から尊敬しています」

私の腰にラルフさまの腕が回る。なんだか指先が震えているような気がした。心の傷に触れさせてくれるラルフさまを安心させるように、ゆっくり言葉を紡《つむ》ぐ。

「犠牲者のため、今後戦争が起こらないように、ジークハルト王太子殿下と協力しているんですよね？」

「……ああ、もう戦火は見たくない」

「私の愛するラルフさまは、本当にご立派です。私もこれから、精一杯ご協力しますね」

ラルフさまの薄い唇に誓いを込めてキスを落とす。

その後は、また濃厚な時間を過ごした。

＊　＊　＊

離宮での甘いひと時を終え、王城へ帰ってきた。

なんだかずっと客室にこもっていたような気がするのは、きっと気のせいじゃないだろう。

左手の薬指で大きなダイヤモンドが光を反射して輝くたびに、ラルフさまの奥さんになることを思い出して、心がくすぐったい。

お昼過ぎに帰城してすぐにジークハルト王太子殿下にお礼のご挨拶と、結婚の約束をしたことを報告すると、喜んでお祝いしてくださった。

ミシェル殿下のお屋敷をいただくことも話は通っていたようで、結ばれることを見越して、追加で一週間のお休みの手配をしてくださっていたようだ。

出立前にまたすぐに休暇を、とおっしゃっていたのはこのことだったらしい。おかげですぐに引っ越し作業に着手できそう。ここまで親切にしていただいて恐縮すぎる……っ！

そうして私たちは、早速ミシェル殿下にいただいた屋敷を見に行くことになった。

場所は、貴族の邸宅が集まる〝第一区〟で、王城から馬車で二十分ほどの貴族街に位置する。

第一区の近くには有名なベリドット大通りがある。そこには高級店が建ち並び、劇場やホテル、紳士の社交場であるコーヒーハウスなど、娯楽施設が多い。夜も昼間のように明るく賑《にぎ》やかで、多くの貴族や富豪が訪れる歓楽街だ。

馬車の窓にベリドット大通りの景色が映る。初めて見るそこはまさに大都会で、田舎出身の私は気後れしてしまう。

しかし、私はいずれ次期侯爵のラルフさまの妻になるのだから、背筋を伸ばして堂々としっかりしなきゃ！

「ラルフさま」

「なんだ？」

話しかけると甘やかな目線と声が返ってきて、ついドキドキしてしまう。

うぅ、見惚れてないで、しっかりしないと！

「リンデンベルク侯爵家へのご挨拶はいつ頃になさいますか」

「俺の家族は王都のタウンハウス、しかも同じ第一区に住んでいるから、いつでも会えるぞ。姉は嫁いでるから、初めて会うのは夜会になるかもしれないな。エミリアさえよければ、この休み中に会いに行くか？」

「はい、是非に！　あ、ただ私との結婚について、ラルフさまのご家族は賛成してくださるでしょうか……？」

「心配はいらない。両親は俺を結婚させたがっていたし、身分は問わないから幸せになってくれといつも言われていたんだ。あの見合いの姿絵の山を見ただろう？　エミリアとのことはかなり喜ばれるだろう」

「そうだったんですか……」

確かにあの姿絵の量はとんでもなかったなぁ。身分違いだからと悩んでいた、過去の自分へ無性に活を入れたくなった。

ぽつりとラルフさまのお話が続く。

「実はな、エミリアと出会うまでは結婚するつもりがなかった。侯爵家当主は責任を持って継ぐつもりでいたが、姉のところが子だくさんだから、後継者になりたい奴がいれば養子にもらおうと考えていたくらいだ。だから結婚したいと思えるエミリアと出会えて、望み通り婚約もしてもらえて、俺は幸せ者だ」

「ら、ラルフさま……っ！　私も貴方《あなた》さまに出会えて望まれて、幸せ者です」

思いがけない言葉に、つい涙ぐむ。

こんなに好きになれる人に出会えた私は幸運だ。

もうラルフさまが隣にいない人生なんてちっとも考えられない。

「エミリアの実家にも挨拶に伺いたいから、また長期休暇をもらわなくちゃな。レッツェル男爵領は、タールヴェルク辺境伯領の近くだったか。片道三週間はかかるか」

「冬になると雪が積もって馬車が走れなくなりますから、行けるとしたら雪解け後の春ですね」

今は夏の終わり頃。またすぐにお休みをもらうのは厳しいだろうし、仮に今から行ってももうすぐ秋になるので、帰り道に早めの雪が積もったら大変だ。

「結婚は来春にするか。エミリアの実家にはきちんと挨拶したいからな」

「〜〜〜っ！　もうラルフさま、大好きです！」

「なんだ急に……っ」

「えへへっ。私の家族のことまで考えてくださっているのが、なんだか嬉しくて」

「そんなの当たり前だろう」

横に座るラルフさまにぎゅうっと抱きつくと、甘い甘いキスがおでこに降ってきた。

すかさず私からも口付けをする。それはだんだん深くなり、新しいお家に着く頃には、すっかり蕩《とろ》けてしまった。なんだかデジャブ……

気を取り直して、馬車を降りる。そして目の前に聳《そび》え建つ、立派なお屋敷に唖然とした。

そりゃあ、王女さまが所有していたのだから当たり前なのだけど、建物も敷地もあり得ないくらい広大だ。この敷地に一体何個、実家の屋敷が入るだろう……

というか、王都でこの広い敷地を有するなんて贅沢すぎない？

本当に頂戴してよかったのかしらと身震いする。

正門から屋敷まで馬車が通ることができて、至るところに薔薇のアーチがあるのも圧巻だ。

「ランドルフさま、お待ちしておりました」

「ジルベールか、久しいな」

「記憶をなくされたと聞いた時は肝が冷えましたよ。もう大丈夫なんですね？」

「ああ、心配かけて悪かった。エミリア、乳兄弟のジルベール・アルカンだ。アルカン家は代々我がリンデンベルク家に仕えている家系で、ジルベールは次期家令として育てられている」

「初めまして。エミリア・レッツェルと申します」

「貴女《あなた》がエミリアさまでいらっしゃいますか……っ！　これからもどうぞ末長く坊ちゃんをよろし

くお願い申し上げます」

「おい、坊ちゃんはやめろ。俺をいくつだと思っているんだ」

「ふふ。こちらこそ末長くよろしくお願いしますね」

どうやらリンデンベルク侯爵家に私が歓迎されているのは本当らしい。よかったぁ。

淡いピンクの髪に、空みたいな青い瞳。一度見たら忘れない美男子だ。ジルベールさんね、名前を忘れないようにしないと。

「以前この屋敷を取り仕切っていた家令から引き継ぎを受けました。ご案内いたします」

ジルベールさんが大きな扉を開けてくださって、中に入る。玄関ホールには幅広い立派な階段があった。赤い絨毯《じゅうたん》が敷かれ、階段が左右に分かれている。

一階は使用人が使うスペースになっていて、厨房や談話室、使用人用の食堂に、立派な個室があるのだそう。使用人というと複数人で一つの部屋を使うことが多いが、個室が用意されているなんて、この充実した設備はミシェル殿下らしい。

階段を上って二階の正面が大広間、左に晩餐室、右に談話室が二部屋、遊戯室があるそうだ。

大広間は吹き抜けになっていて天井が高い。見上げるとシャンデリアがいくつも設置してあって、ガラスの装飾がキラキラと輝いている。ダンスパーティーや演奏会を開けそうな煌《きら》びやかな空間だ。

バルコニーもあって、休憩スペースも確保されているみたい。

談話室に移ると、豪華なソファがたくさんあって暖炉もある。居間のような雰囲気で、晩餐会があったら、ご婦人は談話室、男性は遊戯室で楽しむといった社交場になるのかも。

「談話室は応接室としても使えると伺っています。また、談話室は二部屋を繋げることもできまして、お客さまを呼ぶ際には、大人数で打ち合わせといったことも可能です」

簡単な説明をしてもらって二階の確認が終わると、再び階段を上る。

「三階はプライベート空間となっておりまして、左に食堂と居間、右が主寝室と、隣接して湯浴み場とお手洗いがございます。家具は全て引き揚げているそうで、エミリアさまのお好きなものを揃えるようにと、ミシェル第一王女殿下からのお言葉です」

「ということは、家具を揃えてからじゃないと住めないな」

「はい。可能であれば、本日エミリアさまのお好みをお伺いしたく存じます。その後、なるべく早く、当家にふさわしい家具を手配いたします」

「そうか。エミリア、それで大丈夫か？」

「はい！　責任重大で、なんだか緊張します……！」

今は家具がないので、部屋が余計に広く感じる。

続いて最上階である四階に上がった。

「四階は書斎と図書室、客室が四部屋ございます」

四階は一、二階と同じく家具が備え付けられたままだった。赤い絨毯《じゅうたん》にアンティーク家具が映えて、お客さまを呼ぶのにふさわしいお部屋だ。

図書室は、天井まである本棚が並び立っていて、一体何千冊あるのだろう。家が貧乏だからなかなか本を読む機会がなかったけれど、これからはいくらでも楽しめそうでワクワクする。

「それでは談話室で今後の打ち合わせをいたしましょうか」

「そうだな」

「お茶をお淹れします」

すかさず言うと、何故かラルフさまが苦笑した。

「エミリアさま、私がやります」

「……あ。失礼しました。ジルベールさんお願いします」

そうだ、私はラルフさまの婚約者で、お茶を淹れる立場から、淹れてもらう立場になるんだ。

分かっていたつもりだけど、ラルフさまの妻になったら、きっとメイドを辞めなくてはいけないのよね。王族に仕える侍女になって王国に役立つことが夢だったが、それも叶ったのだ。この王国の第三騎士団を率いる彼を妻として支えることは、きっと立派な役目でやり甲斐があるだろう。

本当はもう少し王城で働いてみたかったなぁと思うけれど、贅沢は言うまい。

ジルベールさんと打ち合わせをして、三階は華美すぎないアンティーク調の、落ち着く空間にしてほしいとリクエストした。なるべく一週間で整うように努めてくれるそうだけど、二、三週間はかかると思ったほうがよさそうだ。

それまでの間は、ベリドット大通りのホテルに宿泊することになった。なんでもリンデンベルク侯爵家が所有するホテルがあるそうで、そこの最上階の部屋を借りてくださった。そのホテルは辺りで一番高い建物らしい。流石《さすが》由緒ある大貴族、膝が震えそうなほどの贅沢っぷりだわ……！

新しい屋敷の執事や侍女としてリンデンベルク侯爵家から何人か呼んでくださるそうだし、本当にすごすぎて気が遠くなる。急に違う世界の住民になった気分だ。

すっかり月が出る時間になったけれど、ベリドット大通りは夜でも明るく賑《にぎ》わっている。

ホテルで受付をして、魔石で動く魔道エレベーターに乗る。初めて乗る魔道エレベーターにはハラハラしたけれど、無事最上階である五階に着いた。

なんと、このフロアには一室しかないらしい。部屋の中は豪華なダイニングとリビング、ベッドルームがある豪華仕様だった。

「わあ、綺麗な景色……っ！」

「気に入ったか？」

「はい！　とっても！」

窓を覗くと、人どころか建物まで見下ろせて新鮮だ。街灯がキラキラとしていて眩しいくらい。

夜景に見惚れていると、後ろから長い腕に包まれた。

「やっと二人っきりになれた」

「ふふっ、ラルフさまったら。離宮でもたくさん二人の時間を過ごしたじゃないですか」

「それでもすぐ抱きしめたくなるんだ。エミリアが可愛すぎるのが悪い」

振り返ってラルフさまの首に腕を回す。自然に唇が合わさった。

「今日はエミリアをいじめてもいいか？」

「っ、食事を取ってからなら……！」

そう返した時、タイミングよく、ぐううとお腹が鳴る。朝昼と軽食しか入れていないお腹には、ムードも何もない。少し恥ずかしくて俯《うつむ》くと、顎をすくい上げられた。

「エミリアは食後のデザートにもらうことにする」

「ひええ……っ」

耳元で囁《ささや》かれ、ひと舐めされる。

ラルフさまが私から離れて備え付けのベルを鳴らし、ルームサービスを頼むことになった。


お腹がペコペコだったので、二人してステーキプレートをガッツリと食べた。

お肉はもちろんのこと、前菜のサラダと野菜のスープもとても美味しかった。ふわふわの白いパンも、ほのかに甘みがあって私好みだった。

食後に休憩を挟んだ後、私が先に湯浴みをした。髪を乾かして戻ってくると、ラルフさまが湯浴み場へ入っていく。

待っている時間がなんだか落ち着かなくて、部屋にあった白葡萄《ぶどう》酒をグラスに注いだ。ついでにドライフルーツもお皿に出す。ソファにぼふりと座って一人でグラスを掲げた。

最近運動もできていないし、美味しいものばかり食べて、まるまると太ってしまいそう。

新しい屋敷には広い庭園があったし、お引っ越ししたらきちんとランニングしよう。そう決意して、イチゴのドライフルーツをぱくっと口に放り込む。

ほんのりお酒の熱に当てられて火照《ほて》ってきた頃に、ラルフさまが戻ってこられた。

バスローブ姿がやけに艶《つや》っぽくて見惚れてしまう。

「エミリア、呑んでいたのか？」

「はい。せっかくなのでいただいていました」

隣にぴったり密着してラルフさまが座る。お風呂上がりだからか、いつもより体温が高い。

ふんわりシャンプーの香りがしたと思ったら、次の瞬間、唇をぺろりと舐められた。

「甘いな」

ぽつりとそう呟いて、口付けられる。唇の隙間からラルフさまの舌が咥内《こうない》に入り込み、上顎や歯列を執拗《しつよう》に舐められて、頭がぼうっとしてくる。

キスに夢中になっていると、両耳を大きな手で塞がれた。途端に、淫《みだ》らな水音が脳内に響く。あまりに官能的なキスで酔いが回ってしまいそう。

「ん、んぅ」

わずかに漏れる自分の声まで頭に響く。恥ずかしくて、でも気持ちよくて、どうしようもなくなる。

唇が離れたのは、それからしばらく時間が経ってからだった。その頃にはもう、ぐずぐずに蕩《とろ》けていた。

「ラルフさまぁ」

「えろい声だな。早く可愛がってやりたいが、今夜はエミリアをいじめる日って決めてるからな」

私を抱っこでベッドへ運んだ後、ラルフさまはどこからか大判のハンカチを持ってきた。

「？」

私が首を傾げると、ラルフさまはそれを細長く折りたたみ、私の目元を覆う。両端を頭の後ろで結ばれたようだ。

「エミリアの綺麗な目を塞ぐのはもったいないが、どうしても可愛い反応を見たいんだ」

「あ……」

視界を奪われ、何も見えない。そんな中で首筋をツーと撫でられると、いつもより感覚が過敏になっているようだった。

「目が見えないと、どこから次の刺激が来るか分からないだろう？　そうするともっと激しく乱れてくれるんじゃないかと思って」

「い、いじわるっ」

「今更だろう？　それに、エミリアもいじめられるのが好きなんじゃないのか」

「す、好きですけどぉ……！　っひゃう」

いつの間にか私のバスローブがはだけて肌があらわになっていたようで、胸の先端の周りをくるりと撫でるような刺激がやってくる。

決して突起には触れず焦らすような指使いに、だんだんとむずむずとしてきた。

「ほら、敏感になってる。可愛いな、エミリア」

「あっ。やだ、はずかしぃ……っ」

本当にいつもよりも敏感になっている気がする。恥ずかしくて胸を隠すと、すぐに両手首を頭上でまとめられて、ラルフさまの片手に収まった。

「あ、ラルフさまぁ」

「俺になら何をされてもいいんだろう？　もし本当に怖いならやめるが」

怖くはないから首を横に振ると、クスッと笑う吐息がかかる。

「じゃあ、遠慮なく」

「ひゃ！　あああっ」

焦らされた胸の先端をちゅうっと吸われ、甘く鋭い刺激に襲われる。

それだけで軽く達してしまったのに愛撫がやむことはなく、どんどん激しさが増す。

「あっ、んんぅ……！　ああっ、またイッちゃう……っ」

「気持ちよさそうなエミリアは本当に可愛いな」

胸の突起を甘噛みされて、舌で転がされる。

「っふ、あ！　それ、だめえ……っ！　イクッ」

「好きなだけ感じろ」

「ひあああっ！」

胸の先端を舐めながら吸われ、瞼《まぶた》の裏に星が散る。

ようやく胸が解放されても、達した余韻にお腹の奥が寂しくなって、腰が揺れた。

「可愛い、エミリア」

今はどこにも触れていないラルフさまが、私の素肌をじっくりと見ている気がする。

ぞくぞくして無意識に太腿《ふともも》を擦《こす》り合わせてしまった。小さな笑い声がしてもどかしく思っていると、突然脚を大きく開かれる。

「ああっ」

秘所が空気に触れてひんやりする。

「エミリアのここ、可愛く涎《よだれ》を垂らしてヒクヒクしてるぞ」

「っや、そこで喋らないでくださ……！」

顔を近づけられているようで、わずかに息がかかり、ぴくんと腰が浮く。観察されているようで恥ずかしい。でも羞恥心が更なる発情を促す。お腹の奥が快感を強く求めて疼《うず》いた。

「……っ、ラルフさまぁ」

「なんだ？」

なかなか欲しい刺激が与えられず、焦らされている気分だ。

蜜口が余計にヒクヒクしてしまうし、蕾《つぼみ》も触ってほしくてぷっくり膨らんでいるはずだ。

「……お願いします、ラルフさまに、触ってほしいです……っ」

「ああ、エミリアのご所望とあらば」

「ひゃうっ！　ああっ！　っんう、きもちいい……っ」

触ってと言ったのに、急に舌でぺろぺろと蕾《つぼみ》を転がされる。気持ちよくて浮いた腰を彼の大きな手で押さえられ、快感の逃げ場がなくなって辛いくらいだ。

それに、焦らされた分、余計に感じてしまう。

「っ、イク、イッちゃうっ！　あああ～～～っ」

強い刺激にあっという間に昇り詰めて、一気に弾けた。

乱れた呼吸を整えようとするも、ラルフさまの愛撫が止まらない。

「もう一回、連続で達してみろ」

「ひえっ、やぁ！　だめ、イッたばっかりなのに……！」

またちゅうっと強く吸われて、再び辛いほどの快楽の波に襲われる。腰を引きたいのに押さえられていて逃げられない。ラルフさまの表情も見えないけれど、愉《たの》しそうな気配だ。

「ああああっ！　ひんっ、ま、また……っ！」

「ほら、頑張れ」

「あ、あ、っ！　ひゃあああん！」

全身に快感が広がって、先ほどよりも深い絶頂を迎える。押さえられていた腰が解放され、ガクガクと大きく揺れた。

快楽の波が引くのを待っていると、目隠しのハンカチが外される。灯りはついていなかったけれど、眩しくて反射的に目を細めた。

「っ！　熱に浮かされて、とろとろに溶けてるな。見えない分、気持ちよかったか？」

「き、気持ちよかった、ですけどぉ……っ！　で、でも、いじめすぎです!!」

「ははっ。すまない」

ラルフさまは許しを請うように、優しくキスしてくれた。

「ぎゅっと抱きしめてください……」

「ああ、もちろん。可愛い姿を見せてくれてありがとう」

飴《あめ》と鞭《むち》がすごい。優しく抱きしめられて幸せ。

いじめられるのも結構好きだと気づいてしまった自分がいるけれど、やっぱりラルフさまの顔が見えるほうが安心する。

抱きしめられると、バスローブ越しに、彼の大きくて硬い昂《たかぶ》りが太腿《ふともも》に当たった。

「エミリア、ここに挿《い》れてもいいか？」

抱き合ったまま、昂《たかぶ》ったものの先端を秘所に擦《こす》り付けられる。

そうされるとまたすぐに、私の欲望も戻ってくる。

「はい。ラルフさまのおっきいの、挿《い》れてください」

「どこでそんな言葉覚えたんだ」

苦笑いを浮かべたラルフさまはバサッとバスローブを脱ぎ、私に覆いかぶさった。

そのあまりの素早さにびっくりしている間に、蜜口にそそり勃《た》った男根があてがわれる。

「んああっ……！」

蜜壺の中にずんと入り込み、奥へ奥へと進む。

ずっと切なかったところが一気に擦《こす》れて、軽く達してしまった。するとお決まりのように潮が飛んで、涙目になる。

「潮噴いて可愛い。動くぞ」

「つぁ！　ま、まって」

「待たない」

「ひゃああ!!　あっ、あ、きもちっ」

容赦のない激しい抽挿が始まった。

子宮口をぐりゅっと刺激されるたび、気絶しそうなほど気持ちがいい。

「そんなに締められると、すぐイキそうだ」

「だ、だって……！　ぁ、我慢できな……っ」

中を締めないように意識しているのに、ラルフさまが意地悪く笑って両胸の先端をきゅっと摘む。

「ラルフさまぁっ！　ひんっ、おかしく、なる」

上も下もどちらも気持ちよすぎて、また大きく達してしまいそう。

「だめだ。もう出すぞ」

「あ、あ、すごいっ！　あっ、わたしも、イッ……!!」

しがみつくようにラルフさまの腰に脚を絡めると、自分からやったことなのに当たる角度が変わって、呆気なく達してしまった。

ぎゅううっと中が男根を締め上げて、遅れてラルフさまが吐精した。

どくんどくんと中に注ぎ込まれる感覚に、また快感を覚える。

「エミリア、まだ俺に付き合ってくれるよな」

「んっ、お手柔らかにお願いします……」

ラルフさまのそれは私の中でどんどん熱を取り戻している。

「掴まっていろよ」

「ひえっ」

ラルフさまは繋がったまま私の身体を抱き上げた。そして、先ほどまで眺めていた夜景の見える窓の前で下ろされる。

「ここに手をつけ」

「え⁉　でも……」

そうしたら、私の裸体を外に見せつけて交わることになるのではないか。考えただけでぞくぞくとした期待が走り、中を締めつけてしまう。

「ほら、エミリア」

「……はい、ラルフさま」

窓枠に手をつくと、途端に後ろからラルフさまの腰が打ち付けられる。

「ひ、ああっ！　これ、はずかしい……っ！」

「外の人に、見られるかもな」

「っ⁉　あああっ」

「っく。さっきよりも締まる。すまない、エミリア冗談だ」

「あ、ああっ！　でも……」

道行く人が意味もなく上を見るとは思えないし、向かいにも建物はないけれど、そう言われると心配になる。

今だって、精一杯喋っているけれど、抽挿は止まらず中は気持ちいいばかりなのだ。

こんな私の感じきっている姿を、万が一誰かに見られたらと思うと……

「心配するな。この窓は、外からは室内が見えないようになっている」

「んああっ！　っ、本当……？」

「ああ、魔道具師に作らせた特注品だ。ここは他国の要人も泊まることを想定して建てているから、セキュリティー面はしっかりしている」

そういえばここは、リンデンベルク侯爵家が所有するホテルだった。外から見られないことが分かって安堵《あんど》すると、繋がったまま後ろから抱きしめられて、耳元で呟かれる。

「そもそも、俺が可愛いエミリアを他の奴に見せるわけがないだろう。――だがエミリアは、誰かに見られたほうがむしろ興奮するんじゃないか？」

「やだぁ、そんないじわる、言わないでぇ……っ」

そんな特殊な趣味は持っていないと信じたいけれど、もしラルフさまに望まれたら、きっと応えてしまうのだろうなと頭の片隅でぼんやり思った。

だって今この瞬間の、愛おしいラルフさまとの背徳的な行為に、私は夢中になっているのだから。

また腰を掴まれて抽挿が始まる。明るい街を眺めながらの交わりは、少し癖になってしまいそうな気がしつつも、快感に身を委《ゆだ》ねた。

＊　＊　＊

それからもしばらく私とラルフさまはベリドット大通りのホテルで快適に過ごし、劇場に行ったり、外で食事をしたりデート三昧《ざんまい》だった。

そして今日は、ラルフさまのご両親にご挨拶をしに伺うため、リンデンベルク侯爵家へお邪魔することになっている。

馬車で到着したリンデンベルク侯爵家のタウンハウスは、ミシェル殿下にいただいた屋敷にも劣らぬ規模感で圧倒された。門をくぐるとたくさんの使用人の方々がお辞儀をしてくださって、恐縮しつつ、背筋を伸ばす。

扇状に広がった使用人の中央にいらっしゃるのがラルフさまのご両親だろう。お上品なご夫婦は、二人とも穏やかな笑みを浮かべている。

「ランドルフ、よく帰ってきたわね」

「ただいま戻りました。父上、母上。こちらは先日プロポーズを受けてくれたエミリアです」

「初めてお目にかかります。レッツェル男爵家のエミリアと申します」

「もう！　こんなに可愛い恋人がいたなら、早く言ってくれればよかったのに！　エミリアちゃん、末長く息子をよろしくね」

「は、はい！」

満面の笑みを浮かべた綺麗なお母さまに手を握られてドキドキする。ラルフさまはお母さま似なのねと、ぼうっと見惚れてしまった。

「エミリアさんが困っているだろう。早く中に案内して差し上げなさい」

「あら、その通りね。ごめんなさい。二十五になっても頑なに意思を曲げなかった女嫌いのランドルフが、素敵なご令嬢を連れてきたことに、つい舞い上がってしまったわ。どうぞこちらへ」

「エミリア、行くぞ」

ラルフさまの声に頷くと、腰に腕が回される。よく慣れたウッディな香りがふんわり香って、少しだけ緊張が解けた。

談話室に案内されてソファに座る。ラルフさまが私の隣に座るけれど、当然のようにピッタリくっつかれて、ご両親の前でなんだか恥ずかしい。

「改めて、我が家へようこそ。女っ気のないランドルフがこんなに可愛いエミリアちゃんを連れてきてくれて嬉しいわ」

「ランドルフが記憶を失った時も、エミリアさんが健気《けなげ》に看病してくれたと聞いているよ。本当にありがとう」

「とんでもございません。こちらこそ、ランドルフさまにはとても良くしていただいて感謝しております」

お二人とも気さくに話してくださって、とってもお優しい。

「我がリンデンベルク家は、エミリアさんを歓迎するよ」

「っ！　ありがとうございます」

ラルフさまのご両親に認めていただけた！　ホッとひと安心。

「しかし、エミリアさんが嫁いでくれるなら、ようやく安心して引退の目処《めど》が立てられそうだよ。独身のままでの叙爵は苦労が多いだろうからね」

「父上。母上と早く隠居したいからといって、あまり無茶振りはしないでください」

「人聞きの悪いことを言わないでくれよ。結婚して一、二年はしっかり役目をやり遂げるさ」

つまり、ラルフさまが侯爵を受け継ぐまで、あと数年なのね。

――あれ、もしかしてラルフさまが結婚を急かされていたのは、ご両親が早く心安らかに引退し、ご隠居したかったから⁉　ご夫婦仲もとても良さそうだ。

「そういえば、エミリアちゃんはランドルフのご奉仕メイドなのよね。結婚後もメイドのお仕事を続けるのかしら」

わああ。どう回答するのが正解なんだろう。

……でも、ここは正直に思っていることを、素直に伝えたほうがきっといいよね。

「可能であれば続けたいと考えていますが、ランドルフさまを妻としてお支えするために不都合となるのでしたら、退職する覚悟です」

「あら、続けたいのなら続ければいいじゃない。実は私も元は旦那さまのご奉仕メイドだったのだけど、妊娠するまでは働いていたのよ」

「……そ、そうだったのですかっ⁉」

「すまない、エミリア。不安にさせてしまったな。女主人としての仕事は徐々に覚えてもらうことになるが、メイドを続けたいなら構わないぞ。まぁ、俺のもとでしか働かせてやれないけどな」

ラルフさまのお母さまもご奉仕メイドだったというのもビックリだし、メイドの仕事を続けられるなんて思ってなかったからすごく嬉しい。

嫁いだら普通はきっと仕事を辞めるべきなのに、柔軟な考えをお持ちでありがたい。

「ありがとうございます！　それでは、お子ができるまでは、引き続きラルフさまのメイドとして働きたいと思います」

「ふふっ。私と一緒ね」

「はい！　働くことを認めていただいて、ありがとうございます」

——その後、とんとん拍子で話が進んだ。

家格が釣り合わない件については、私がヴェラちゃんの実家であるタールヴェルク辺境伯家の養女になることで解決したのだ。

今回の婚姻はタールヴェルク辺境伯家にとってもリンデンベルク侯爵家にとっても旨みがあるらしく、両家にあっさりと受け入れられた。

＊＊＊

寒い冬が終わり春になると、私はラルフさまと一緒に二ヶ月の休暇を取った。生家であるレッツェル男爵家と、養女入りしたタールヴェルク辺境伯家へのご挨拶に行くためだ。

タールヴェルク辺境伯家では、養女となった私のお披露目のために夜会を開いてくださるみたい。養女にしていいただいただけでもありがたいのに、そんな風に歓迎してくれて嬉しい限りだ。

そして一週間ほど滞在した後に、王都に戻って挙式と披露宴を行う予定になっている。

私の誘拐事件で支払われた賠償金は、半分を男爵家に送り、屋敷の建て替えに使ってもらっていた。もう新しい屋敷が建っているだろうから、早く見て回りたい。

建て替えてもお金が余るだろうから、使い古していた使用人用の制服も仕立て直すようにお願いしてある。新しい制服を着た皆に会えることも楽しみの一つだ。

ちなみに、賠償金の残りの半分は私の持参金にすることにしている。願ったり叶ったりである。


雪解けが進み、少しずつ緑に彩られた頃。三週間の馬車の旅を経て、目的地である我がレッツェル男爵領に入った。道中魔物に襲われずにここまで来られてホッとしているところだ。

馬車の窓の外には、少しも変わっていない景色が広がっている。懐かしさに自然と頬が緩む。

そのまま景色を眺めていると、見知った顔が見えた。

窓から身を乗り出して、手を振りながら大きく呼びかける。

「トム爺ちゃ～ん!!」

「あ、エミリアお嬢さま～!!　お帰りなさいませ～!!」

「ただいま〜!!」

私が転がり落ちないように、ラルフさまがすぐさま腰を支えてくれて、その優しさにも嬉しくなった。

「ラルフさま、支えてくださってありがとうございます」

「ヒヤヒヤしたぞ」

「えへへ、ごめんなさい」

ラルフさまは、また私が飛び出さないようにと、窓をそっと閉めた。過保護に面倒を見てくださるのもなんだかくすぐったくて、笑顔が止まらない。

「エミリア、ご機嫌だな」

「はい！　だって、大好きなレッツェル男爵領に、大好きなラルフさまと一緒にいるんですもの」

そう言うと、甘い視線が返ってきた。ラルフさまの綺麗な赤い瞳に、私のことが好きと書いてあって、ますます幸せな気分になる。

おでこにキスが落とされ、ラルフさまの薄い唇が言葉を紡《つむ》いだ。

「エミリアの生家に着いたようだ」

「あ！　本当だ！」

ラルフさまのエスコートで馬車を降りると、屋敷の前でお父さまとディートリッヒお兄さまが大きく手を振っていた。

その後ろでは、新調したばかりのメイド服や執事服を身に纏《まと》った使用人たちがお辞儀をしている。

「お父さま！　お兄さま！　みんなぁ〜っ！」

思わず駆け出して二人に思いきり抱きつくと、笑って抱き返してくれた。

「エミリア、久しぶり。しかしこんなにお転婆なままで、本当に侯爵夫人になるのかい」

「お父さま！　ふ、普段はお淑《しと》やかにしてますよ！」

「それは怪しいな」

「ちょっとお兄さま！　ひどいです！」

ラルフさまのお母さまにきちんと淑女教育を受けているのに、二人とも好き勝手言って！

でも、そんな気安いやり取りが本当に久しぶりで、心が温かくなる。

「お父さま、こちら、私が大好きな婚約者のラルフさまです」

「初めまして、レッツェル男爵。手紙でやり取りさせていただいていましたが、改めて、ランドルフ・リンデンベルクと申します。この度はご挨拶に参りました」

「王都からはるばるお越しくださりありがとうございます。以前ディートリッヒが大層失礼をしたようで、ご迷惑をおかけいたしました」

「いえ、私も未熟でしたので。ディートリッヒ殿には大変助けていただきました」

お父さまもラルフさまも、なんだか余所《よそ》行きな対応でむずむずする。そりゃあ、初対面だから当たり前だけどさ。

「ねえ、皆！　早くお屋敷に入ろう？　建て替えたお屋敷を見たいわ！」

「そうだな。エミリアのおかげで建て替えられたんだ。本当にありがとう。さあ、どうぞお入りください」

「失礼します」

雨漏りがひどかったお屋敷は建て替えられて、素朴ながらも厳しい冬に耐えられる仕様になっていた。家具はあまり変わっていなくて、落ち着く空間はそのままだ。

私の働いたお金じゃなくて、賠償金で建った屋敷というのが複雑だけど、背に腹は代えられない。


ラルフさまと、お母さまのお墓参りをしたらあっという間に夕方になり、晩餐会の時間を迎えた。

晩餐会と言っても、ラルフさまとお父さまとディートリッヒお兄さまとの四人だけだけど。

「エミリアの婚約を祝って、乾杯」

「「「乾杯」」」

グラスに口を付けている間に、料理が運ばれた。青豆のスープ、パテ・ド・カンパーニュ、子羊のグリル、マッシュポテト、雑穀の入ったもちもちパンなど、私の大好物が食卓に並ぶ。

王都で食べる白いパンもふわふわで大好きだけど、雑穀の入ったパンは馴染み深くて安心するなぁ。

「ランドルフ団長、デビュタントでのお約束通り、エミリアを大切にしていただいてありがとうございます」

ディートリッヒお兄さまが、改まった調子でラルフさまに話しかける。それに対し、ラルフさまは真剣な眼差しで返答した。

「いえ、こちらこそ。婚姻のためとはいえ、大切なエミリアを養女に出すというのは苦渋の決断だったことでしょう。レッツェル男爵とディートリッヒ殿に託していただいたからには、必ずや幸せにいたします」

「ラルフさま……っ！」

男爵家と侯爵家ではかなりの家格差がある。そこでラルフさまのご両親から、男爵令嬢のままでもいいが、私自身や将来生まれる子どもへの味方が一人でも多いほうがいいのでは、との提案があり、養女入りの話が出たのだ。

そういう経緯でヴェラちゃんの実家であるタールヴェルク辺境伯家に迎えていただいたのだけど、ラルフさまはそのことをすごく気にしてくれていた。

「エミリアをよろしくお願いします……！　ぐずっ、でも、やっぱり嫁に出すのは、さびじい……！」

「ディートリッヒ、やめなさい。……ううっ、父さんだって、養女に出すのも、花嫁として送るのも、寂しいんだぞ……！」

そう言って、お父さまとディートリッヒお兄さまがぐずぐず泣き出してしまった。愛されているのは嬉しいけれど泣きすぎだわ。鼻水まで出てるし。

「ちょっと、二人とも……！　ラルフさまの前で恥ずかしいから、やめてよ！　養女に出ても婚姻しても、私たちが家族なことに変わりはないでしょう？」

そう伝えると、二人はもっと泣き出してしまった。呆れつつも、ラルフさまに謝る。

「ラルフさま、賑《にぎ》やかでごめんなさい」

「いや構わない。とてもいい家族だな」

晩餐会が終わる頃には、男三人はすっかり打ち解けていた。

＊　＊　＊

翌日は朝から、新しく建てられたレッツェル男爵邸の談話室で、使用人たちにラルフさまを紹介し、積もる話をしながらまったり楽しく過ごしていた。

今夜はタールヴェルク辺境伯家で私のお披露目のため開かれる夜会に参加することになっている。

お昼過ぎには、そろそろ身支度を始めようかと、私たちに与えられた部屋に戻る。

すると部屋に入るなり、ラルフさまが照れ臭そうに手招きをした。

「ラルフさま？　どうなさったのですか？」

「いいから、この中を開けてみろ」

言われるままに、指し示されたクローゼットの扉を開く。すると、王城から持ってきたドレスの中に、トルソーに着せられた見慣れないドレスがあった。

「わ、これは……？」

「エミリア、今夜はこのドレスを着てほしい」

「っ！」

それはまるでラルフさまの瞳のような色味のドレスだった。

赤いドレスといえば、背の高い美女がかっこよく着こなしているのが定番のイメージだったのだが、目の前にあるのは真逆の、可憐な印象のふんわりしたデザインだ。

——だから、きっと私のために仕立ててくださったものだと、すぐに理解できた。

表地は赤いチュール生地で、バストからウエストまで大ぶりの花刺繍《ししゅう》が施されている。その刺《し》繍《しゅう》に合わせてダイヤモンドらしき宝石が数えきれないほど縫《ぬ》い付けられていた。

デザインは可愛らしいが、確実に高価なものなのだろう。

素敵すぎてなんと言えばいいのか分からず、無言のままラルフさまに駆け寄りしがみつく。

「ラルフさま……っ！」

「気に入ったか？」

「はいっ！　でもこんなに素敵なドレス、私が着てもいいのですか……？」

「当たり前だ、エミリアのために仕立てたのだから。揃いのジュエリーも用意してあるぞ」

「……っ」

ラルフさまが私を抱き返し、熱っぽく耳元で囁《ささや》く。

「デビュタントで真っ白なチュールのドレスを着ていただろう。それが可愛かったから、あの純真なエミリアを俺色に染めたかったんだ」

あぁ、涙が込み上げてくる。嬉しすぎてどうにかなっちゃいそう。

ずっと、好きな人の色のドレスをプレゼントしてもらうのに憧れていたのだ。

「ありがとうございます……っ！」

「これから夜会なのだから泣くな。ほら、早く着ているところを見せてくれ」

涙を堪《こら》えて口元を両手で覆うと目尻にキスを落とされた。宥《なだ》めるように私の頭にポンと大きな手を乗せてから一度部屋を出たラルフさまが、着付けのためにメイドたちを呼んできてくださった。

ドレスを纏《まと》ってヘアメイクも終え、最後に、これもドレスに合わせてラルフさまにいただいたネックレスをつけてもらう。

「エミリアお嬢さま、完成しましたよ。とても美しいです」

「立派な淑女になられて……っ」

昔から育ててくれた第二の母であるメイドたちが、私の成長を心から喜んでくれている。

「皆ありがとう。大きい鏡で見てくるっ！」

「もう、そんなに急ぐと転びますよ！」

「ふふ。大丈夫、すぐそこだもの」

弾んだ気持ちで、全身鏡の前に立つ。そして贈っていただいたドレスに目を奪われた。

「わあ、素敵……っ」

思わず感嘆の声が漏れてしまうほど、ドレスは煌《きら》びやかで美しかった。

オフショルダースタイルで、上品にデコルテが見えるようになっている。首元を彩るのは、ルビーとダイヤモンドをふんだんにはめ込んだ大ぶりのネックレス。

同じデザインの耳飾りもいただだいた。私が動くたびにドレスとジュエリーの宝石がキラキラと輝く。ドレスのチュールがふわふわに重なっていて、ボリューム感がとっても可愛い。

「でも、こんなに高価なものをいただいてしまって、よかったのかしら」

「エミリアを俺色に染めたかっただけだから、お前が気にすることじゃない」

メイドに呟いたつもりだったのだが、大好きな人の声で言葉が返ってきて驚いた。

「ラルフさま……！」

気を利かせてメイドが呼んできてくれたのだろう。

振り返ると、支度を終えた正装姿のラルフさまが、こちらに近づいてくる。

そして私の前に立ち、膝を折って跪《ひざまず》いた。まるでプロポーズの時みたいに手を握って、私を好きで好きで仕方ないって表情で見つめられる。

「あぁ、本当に可愛すぎる……。俺が用意したドレスとジュエリーを身に纏《まと》ってくれてありがとう」

「こちらこそ素敵な贈り物をありがとうございます。私、大好きなラルフさまの赤色に染まれて、嬉しくて幸せです……っ」

私は今きっと、彼に負けないくらい、幸せに満ち溢れた顔をしているだろう。

「今夜はこの姿で、俺と踊ってくれるか？」

「っ、はい！　もちろん」


今日の夜会は遠方からの貴賓も招いたそうで、思っていた以上に大きい規模での開催だった。

改めて、養女として迎えてくださったタールヴェルク辺境伯家にお礼を直接伝えた。元々家族ぐるみの付き合いがある、もはや親戚のようなタールヴェルク辺境伯家だったから、本当の家族になれたねと、皆喜んでくださった。

というか、リンデンベルク侯爵家との繋がりができて、辺境伯のほうが私に感謝してくれたほどだ。

ラルフさまも頷いていたし、私たちの婚姻できっといい取り引きができたのだろう。

私としても、ヴェラちゃんを始めタールヴェルク辺境伯家と名実共に家族になれて嬉しい。

ヴェラちゃんはお仕事の都合で本日の夜会には出席していないが、王都に帰ったら行われる私たちの挙式と披露宴には喜んで参加すると言ってくれた。

そして、辺境伯とラルフさまの三人で挨拶回りをする。

どのお方も自己紹介の後、まず初めに私の赤いドレスを話題にしてくださる。きっとラルフさまの瞳の色を私が纏《まと》っていると、一目で分かるからだろう。微笑ましそうに褒められるたびに、私はすごく照れてしまった。

一通りの挨拶を終えて、約束通りラルフさまの手を取り、音楽に合わせてステップを踏む。

デビュタントでは一緒に踊れなくて少し寂しかったから、この夜会では、それはもうたくさん踊ってしまった。途中でお兄さまに「いい加減にしろ」と止められてダンスを終えたのだが、それを含めて、私の幸せな思い出の一つになった。


それから、タールヴェルク辺境伯領とレッツェル男爵領に一週間滞在した。

生まれ育った地でラルフさまとゆっくり過ごしてから、私たちの結婚式に出席してくださる皆さんと一緒に王都へ向かう。帰り道も魔物が出ることなく、旅は終始順調に進んだ。

# エピローグ

春風が吹き抜けて、ぽかぽかと暖かい。天候に恵まれた今日、純白のウエディングドレスを身に纏《まと》った私は、エミリア・リンデンベルクになる。

王都の大聖堂。太陽の光を透かしたステンドグラスによって、中央にある女神像がキラキラと輝いている。その神聖な女神像の前でラルフさまと跪《ひざまず》き、祈るように両手を重ねた。

多くの人に見守られながら、誓いの言葉を紡《つむ》ぐ。

「聖なる女神、皆の前で夫婦の誓いをいたします。私、ランドルフ・リンデンベルクは、常に感謝の気持ちを忘れず、妻を尊重します。たとえ試練があったとしても、互いを信じ支え合います。地に還るまでエミリア・レッツェルを愛し続けることを誓います」

「私、エミリア・レッツェルは、夫と共に、同じ歩幅で、手と手を取り合い、未来へと進んでまいります。心豊かに、嘘偽りなく、信頼関係を築き、地に還るまでランドルフ・リンデンベルクを愛し続けることを誓います」

結婚証明書にサインをして、結婚指輪の交換を行う。その後は、甘い甘い誓いのキス。

「正式に夫婦になられたお二人を、偉大なる女神は見届けられました。これからもどうか、祝福の日々をお過ごしください」

招待客の皆さまの拍手が、大聖堂中に鳴り響く。

幸せいっぱいで、ラルフさまと見つめ合う。もう一度、触れるだけのキスが降ってきた。

＊＊＊

挙式の後は婚姻パレードと披露宴を経て、すっかり住み慣れた我が屋敷に帰ってきた。

執事のジルベールが出迎えてくれて、なんだかホッと安心する。

「ランドルフさま、エミリアさま、お疲れさまでございました。三階でメイドがお待ちです」

「ジルベール、ありがとうございます。ラルフさま、それではまた後ほど」

「ああ。エミリア、また後で」

額にキスを落とされて、プライベート空間である三階への階段を上る。

未だ夢見心地だけど、婚約指輪と重ね付けした結婚指輪の存在が、ラルフさまの奥さんになったのだと実感させてくれる。

幸せな疲れを感じながらも、メイドに湯浴み場でマッサージをしてもらい、身体を磨かれるとリラックスできた。

「奥さま。旦那さまから、こちらを着るようにとお申し付けられています」

「えへへ、奥さまって言われると照れくさいわね。……って、ネラ。これは……?」

私付きのメイドであるネラが示したものは、服というよりは下着に近かった。というか、スケスケの白い布っていう表現のほうが、正しいのかしら。

「これは、ベビードールです。ロマンチックな初夜にピッタリだと思います」

「ひええ……っ」

私はネラに有無を言わさずベビードールを着せられた。大事なところは隠れているけれど、その他のところは透けている。裾丈もお尻が隠れるくらいまでしかない。

なんなら裸より恥ずかしい格好にも思える。早くもお腹の奥がきゅんと疼《うず》いた。

腹を括《くく》って主寝室の扉を開けると、ベッドにはバスローブ姿のラルフさまが片肘を立てて寝転んでいた。

「ら、ラルフさま。お待たせしました」

「エミリア……!　思ってた以上に可愛い。っおい、隠さず見せろ」

「やぁ。こんな、恥ずかしいです……!」

ラルフさまの熱っぽい赤い瞳に見つめられると、どうしていいか分からなくなる。

もう数えきれないくらい身体を合わせたのに、ラルフさまが色っぽすぎて一向に慣れずにいる。

恥ずかしくて目を瞑《つむ》っていたら、いつの間にかラルフさまが目の前にいて、身体を隠す私の腕が捕らえられた。

「これはいいな。生地が薄くて、エミリアの乳首がツンと可愛く立っているのがよく分かる」

「だ、だめぇ。見ないでくださっ！　ひゃん！」

指で胸の先端の周りをくるりとなぞられ、ぞくぞくと身体が反応する。

力が抜けてラルフさまの首に抱きつくと、噛み付くような荒々しいキスに襲われた。

「んっ、んぁ」

今日は何度もキスしたけれど、人前だったからちゃんと堪能できなかった。ようやくラルフさまを独り占めしてイチャイチャできるのだと思うと、多幸感でいっぱいになる。

唇が離れると銀糸が二人の間を繋ぐ。ベッドまで運ばれ、再びキスが降ってきてそのまま押し倒された。

「エミリアがようやく妻になってくれて、何より嬉しい」

「んぅ、あ、私も……っ！」

ベビードールの上から胸を揉《も》みしだかれ、彼の思うまま形が変わる。

ことあるごとに触れられるそこは、王都に出てから心なしか大きくなったような気がする。

「女神の前では、誓いの言葉が決まっているから、地に還るまで愛し続けると言ったが。心の中では、生まれ変わってもまたエミリアを愛したいと考えていた」

「ラルフさま……！　私も生まれ変わってもまた、ラルフさまと一緒になりたいです。愛しています」

「っふ、嬉しい。俺の奥さん、今夜は寝かさないぞ」

「……それはいつもじゃないですか……！」

ラルフさまがククッと喉を鳴らして笑う。今度は甘いキスと共に、胸の先端を爪先で擦《こす》ってコリコリと刺激された。布越しに触れられる感覚がもどかしい。

「っ、んん、っああ！」

少し胸を弄《もてあそ》ばれただけで、ぴくんっと軽く達してしまう。初夜だからか、それともベビードールを着ているからか、今日はいつも以上にドキドキと鼓動が速い。

早くも蜜口は蕩《とろ》け、ラルフさまと繋がりたくて仕方がない。

「ラルフさまっ！　っ、もうお腹の奥が切なくて辛いです……」

つい、淫《みだ》らにもおねだりしてしまう。

「可愛い。もう欲しくなったのか？」

「うん。っはやく一緒になりたい……！」

紐を解いて下着を脱がされ、蜜が溢れた秘所を指で触れられた。

「こんなに濡れてるなら、早く挿《い》れてあげなきゃな」

「ん、きてくださ……っ！　ひゃ、ああっ」

ラルフさまの大きすぎるものが少しずつ入ってくる。善《い》いところを掠《かす》めるたびに軽く達してしまう。

蜜壺に全て収まっても動かず大切そうに抱きしめてくれて、途端に胸がいっぱいになる。

「っ、ラルフさまぁ、大好きです。ずっとずっと一緒ですよ」

「ああ、もちろんだ」

誓いのキスのような軽く触れるだけの口付けの後、ゆっくり抽挿が始まった。

手を繋いで絡み合った指をぎゅっと握る。

「んぅ、あっ！　浮気したら許しません……！」

「っするわけないだろう。こんなに可愛い奥さんがいるのに」

「ああっ」

お互い見つめ合って、手をぎゅっと繋いで。

スローペースな抽挿はじんわり気持ちよくて、少しずつ快感が高まっていく感覚が癖になりそうだ。

目を閉じるとすぐに口を塞がれ、徐々に深まっていくキス。

繋いだ手を握りしめて舌を絡めると、二人が一つに溶け合うようだった。

「っ、あ……」

ふいに唇が離れて目を開けると、ラルフさまが熱っぽい眼差しで微笑む。

「なあ、俺と結婚してくれてありがとう」

「ふふ。私も、結婚してくださってありがとうございます」

二人で穏やかに笑い、額と額をくっつける。

彼と触れ合っているところ、全てが温かくて気持ちいい……

「エミリア、愛してる。お前を決して離さない」

「ラルフさま、愛しています。これからもずっと……」

初夜の甘いひと時は、朝陽が昇るまで続いた。

快感を求めるだけではなく、いつも以上に愛を紡《つむ》ぎながら、繋がることの喜びを穏やかに分かち合う。

これからの人生は、ラルフさまを必ず幸せにして、私も幸せになると決めている。

悩んだ日もあったけれど……

だからこそ、明日からのキラキラで眩しい日々がとっても楽しみだ。

＊　＊　＊

結婚してからは、ご奉仕メイド改め、ラルフさまの専属メイドとして働くことになった。

ご奉仕がない分、お給料は下がったけれど、レッツェル男爵領はリンデンベルク侯爵家の支援もあって充分に立て直したから、仕送りの必要はなくなったので大きな問題はない。

一つ悩みがあるとすれば、もうご奉仕メイドじゃないのに、ラルフさまの休憩時に呼ばれること。

二人でお茶を飲むくらいだったら嬉しいのに、毎日仕事中にご奉仕をしている。

はじめは「今はただのメイドだから、帰ってから屋敷で」と抵抗していたのだけど、ジークハルト王太子殿下の許可をとっているからと言われて……！

夜も愛し合っているのに、ラルフさまはお元気だ。でも求められて悪い気はしないのも確か……むしろ、幸せだと感じてしまうのが、悩みの本質かもしれない。

昼間は快感を強く求める激しいもの、夜は互いに愛おしい気持ちを伝え合うしっとりしたものになることが多く、困ったことに、私はそのどちらも好きなのだ。

「エミリア、休憩するぞ。こっちにおいで」

ほら、今日もラルフさまに呼ばれてしまった。私の旦那さまは、意地悪で優しいずるい人。

――だけど。

「ラルフさま、大好きですっ！」

「ああ、俺も。愛してる」

蕩《とろ》けるほどの甘いキス。私はこれからもラルフさまに溺れていく――

濃蜜ラブファンタジー

# ノーチェブックス

Noche BOOKS

## 淫らで蕩けるほど甘いすれ違いラブ♡

## かつて私を愛した夫はもういない
～偽装結婚のお飾り妻なので溺愛からは逃げ出したい～

おうぎまちこ

イラスト：西いちこ

青年実業家のレオパルトから熱烈に求愛された、伯爵令嬢ダイアナ。幸せな新婚生活を送っていたある日、夫が女性と抱き合う姿を見てしまう。「この結婚は仕事のための偽装結婚で、私はお飾り妻だったのね」と辛くなった彼女は夫を避けるべく、修道院に身を寄せる。しかし、真剣な表情のレオパルトがダイアナの前に現れて……!?

詳しくは公式サイトにてご確認ください
https://noche.alphapolis.co.jp/

携帯サイトはこちらから!▶

この作品に対する皆様のご意見・ご感想をお待ちしております。

おハガキ・お手紙は以下の宛先にお送りください。

【宛先】

〒150-6008 東京都渋谷区恵比寿4-20-3 恵比寿ｶﾞｰﾃﾞﾝﾌﾟﾚｲｽﾀﾜｰ８F
（株）アルファポリス　書籍感想係

メールフォームでのご意見・ご感想は右のＱＲコードから、
あるいは以下のワードで検索をかけてください。

アルファポリス　書籍の感想　検索

ご感想はこちらから

本書は、「アルファポリス」（https://www.alphapolis.co.jp/）に掲載されていたものを、
改題、改稿のうえ、書籍化したものです。

ドＳ騎《き》士《し》団長《だんちょう》のご奉《ほう》仕《し》メイドに
任命《にんめい》されましたが、私《わたし》××なんですけど!?

yori（より）

2023年 12月 25日初版発行

編集－堀内杏都
編集長－倉持真理
発行者－梶本雄介
発行所－株式会社アルファポリス
〒150-6008 東京都渋谷区恵比寿4-20-3 恵比寿ｶﾞｰﾃﾞﾝﾌﾟﾚｲｽﾀﾜｰ8F
TEL 03-6277-1601（営業） 03-6277-1602（編集）
URL https://www.alphapolis.co.jp/
発売元－株式会社星雲社（共同出版社・流通責任出版社）
〒112-0005 東京都文京区水道1-3-30
TEL 03-3868-3275
装丁イラスト－秋吉ハル
装丁デザイン－AFTERGLOW
（レーベルフォーマットデザイン－團 夢見（imagejack））
印刷－中央精版印刷株式会社

価格はカバーに表示されてあります。

落丁乱丁の場合はアルファポリスまでご連絡ください。

送料は小社負担でお取り替えします。


ISBN978-4-434-33081-0 C0093